"海岸线"美文典藏

大地的脉息

何 为 著

黄育聪 编

海峡出版发行集团 | 海峡文艺出版社

图书在版编目(CIP)数据

大地的脉息/何为著;黄育聪编. 一福州:海峡文艺出版社,2025.6
("海岸线"美文典藏)
ISBN 978-7-5550-3956-3

Ⅰ.Ⅰ217.2

中国国家版本馆 CIP 数据核字第 20252B83F9 号

大地的脉息

何　为　著　黄育聪　编	
出版人	林　滨
责任编辑	朱墨山
助理编辑	陈雨含
出版发行	海峡文艺出版社
经　　销	福建新华发行(集团)有限责任公司
社　　址	福州市东水路 76 号 14 层
发 行 部	0591－87536797
印　　刷	福州德安彩色印刷有限公司
厂　　址	福州市金山工业区浦上标准厂房 B 区 42 幢
开　　本	787 毫米×1092 毫米　1/16
字　　数	202 千字
印　　张	13.75
版　　次	2025 年 6 月第 1 版
印　　次	2025 年 6 月第 1 次印刷
书　　号	ISBN 978-7-5550-3956-3
定　　价	68.00 元

如发现印装质量问题,请寄承印厂调换

流动的情感：真挚笔触下的心灵交响

◎黄育聪

何为先生的创作生涯相当漫长，自 1937 年开始写作，时间跨度长达七十年。在上海孤岛时期，他初入文坛，便积极在《译报》《文汇报》等报刊上发表作品，同时参与了党领导的文艺通讯运动。他的创作不仅时间久，而且涉及领域广泛，包括新闻、电影文学剧本等。特别值得一提的是，他的散文成就尤为突出。何为的散文，文笔优美，主题多元，深入探索了人性、社会现实以及历史文化等多个层面。他善于借助具体的故事情节和生动的人物形象，来揭示人性的复杂与真实面貌。同时，他也密切关注社会现实问题，通过细腻的文学描绘对其进行深刻的剖析与反思，形成独特的历史与现实交织的风格特征。

在何为的散文中，情感的流露显得尤为真挚而自然。他的情感随着环境与心境的转变而流淌，这种变化为他的散文注入了动态之美与蓬勃生机。在回忆性散文中，他详细叙述了自己的生活变迁及与朋友们的交往经历，展现了人生的起伏和悲欢离合。他文字间的转折充满了张力，如《陀螺与巧克力》一文，通过对人物内心世界的精细刻画，心理的转折，从父亲粗暴教训儿子，到儿子珍藏巧克力给父亲，到最后作者即使想"旧事重提"，"却只能报以迷惑不解的微笑"这系列的自审与自省，让读者一步步体察人性的复杂与多元，使读者跨越时代的鸿沟，产生共鸣与感慨。

在何为的作品中，对故乡的回忆与描述占据了重要篇幅。他通过细腻入微的生活描绘，引领读者深刻感受作者内心的真实与生活原貌。《上海旧居杂记》与《遥远的上海街头之声》便是其中的佳作。这两部作品以其对上海过去的精细刻画与深情追忆，勾起了人们对那个时代上海风貌的怀念，同时在字里行间流露出对过往生活的眷恋和对时代变迁的感慨。作者巧妙地将"街头之声"作为记忆的载体，将读者带回那个充满生活气息的上海街头，重现了市井文化的独特韵味，并构成了一幅在他记忆里关于老上海历史与文化的生动画卷。

福建作为何为的第二故乡，也在他的笔下留下了许多风土人情与自然景观的精彩描绘。福建的自然美景与人文风情，同时代变迁的冲击交织在一起，形成了一幅幅细腻而深情的文学画面。"花香袭人"是他来福州的第一印象，而住福州多年，在庆祝中华人民共和国成立三十年时，他表示："也有苍老的歌者在湖畔唱出激越的时代之歌。"除此之外，他还写了在乡下的一些剪影，讲述了山乡的渡船老人曲折而动人的故事。通过他的细腻笔触，可以看到老人的故事就像一个时代的小缩影，让人深切感受到生命的苦难与无常。但是因为福建人民给予的关爱，作者觉得自己虽然身处艰难的环境与承受着时代的重压，却总能通过简陋却散发光明的小油灯，"在黑暗的岁月里始终燃着希望之光"。

何为的散文是岁月与情感的完美交织，是历史与现实之间的深刻对话。他的作品让我们品味到生活的醇厚与甘甜，引人沉醉。

目　录

画　家　园

　　自从离开"孤岛"后，山一程，水一程，长路接短路，舟车加步行，到了皖南的一个小山村时，快近一九三八年的岁暮了。

　　这小山村有一个美丽的名字——画家园。我没有考证过村名的来历，顾名思义似乎是画家所在之地，至少它以大自然赋予的山水胜景，召唤画家们来描绘它，难道它不是画家们的园地吗？

　　画家园是黛绿色的。

　　山村紧靠着崖边的青苍山坡上，几十间黑瓦白墙的土屋，高低参差，山民们便在交错的碎石径上往来。冬天，老人们坐在屋外晒太阳。一条盘山而下的青石板道，一直通向村前的一大片白色沙石地，这下面便是水波澄碧的青弋江。江边的汐溪滩是村姑们洗濯和话家常的地方。

　　一大清早，我们五个人到山上的松林里砍柴。山里很静，风也并不大。即使是微风轻轻吹过，松林里也有风笛的回响，松风吹起来，松林里便掀起一层层绿色松涛。丁丁伐木声又穿过松涛，在山谷里发出清脆的回声。下山时，身上还留着松脂的芳香。

　　下雪了。山村一夜风雪，早上满山满谷白皑皑的，厚厚积雪封锁了石砌山径。我们便围着一只架在木框上的大炭盆，烤火取暖，在哔剥作响的透红炭火上，烧开水，烤白薯，剥着炒花生。

　　那时印刷厂还在草创筹建时期，我们凑在一起研究工作如何展开，常常从下午谈到掌灯时分。白纸木桶窗外大雪纷飞，炉边谈工作是我在画家园难忘的记忆之一。

青弋江

我们在皖南的日子离不开青弋江。

如果说，青弋江是皖南绵延山岭中的一条水上命脉，那是无可争辩的。

我常常惊异于青弋江的蓝色。江水不是绿幽幽的，而是蓝莹莹的，蓝得透明，蓝得空灵，蓝得像太虚幻境。

冬天的江水很浅，水底的卵石花纹足以折射阳光，当然也有深水处。只有熟谙航道的人才能驾驭竹筏，像一叶轻舟，悠然从水面滑过。

青弋江是蓝色的。

不难想象，夏天的青弋江是天然游泳场。我们认识青弋江，与江水相伴时在寒冬时节。临江伫立时，须提防蓝色的诱惑，被吸引投入空明的水中去。

清代诗人徐元文的《渡青弋江》诗中有云："来过青弋水，古渡一槎横。轻浅浮沙色，空澄漾午晴。"

那古诗中的境界依然存于今天。

然而时代毕竟大不相同了，青弋江畔的小河口设立了新四军的后方医院，麻岭坑则有留守处和军械所。

还有我们山村里的小小印刷厂将在年底落成。这是青弋江畔的一座文化堡垒。

画家园、麻岭坑和小河口，是青弋江两岸的三个点，一个斜三角。溯流而上便是新四军军部所在地——歙县云岭。

江上有渡船，来往于两岸之间，常有穿灰布棉军装的新四军战士撑杆摆渡。

即使两岸有几处新四军的军政机构和文化卫生设施，洋溢着强烈的时代气息，那也是设在祠堂之类的古朴建筑物内。青弋江一如往昔，笼罩着亘古的寂静。

青弋江是蓝色的。

灿然如带的江水长流，流向浩荡的长江，流向光辉的明天。

文化堡垒

人民军队是有文化的军队。

文化传播的重要手段之一是印刷。新世界，新思想，新人新事的传播和学习，都离不开报纸书刊，于是建立印刷厂便成为当务之急。

最初，只有一部很旧的手摇石印机，一块石印板。

没有工人，更没有熟练的工人。

所谓印刷厂，其实最早是一处石印所。但是就在这简陋的石印所内，终于逐渐发展为一个粗具规模的印刷厂，而且时间也不长。

不能不提一下埃陀他们组织的煤业青年救护队。记得埃陀曾是一家煤炭公司的职员，早年他到我家里来，我还是小学生。

近年来，埃陀和他的伙伴们奉命和上海地下党联系，护送上海知识青年到皖南抗日根据地，包括几种印刷机和各种印刷物资。

我们在途中那次公路遇险，不正是由于卡车上载运了好多箱沉甸甸的铸字铅条！

然而，这还不过是筹建中的印刷厂的若干零件而已。

后来我们才知道，这次通过敌人的封锁线，从"孤岛"上海带来的还有几部印刷机和铸字机，以及大批印刷物资，分别由红十字会卡车载运。

随同而来的有上海的排字工人。此外，也有从南昌来的，从温州来的，从金华来的，从兰溪和屯溪来的印刷工人。

小小的画家园顿时热闹起来。

一九三八年十二月底,一个小规模的印刷厂宣告成立。开工第一天,早晨霜很重,木榍窗外,满山茫茫大雾,树梢在寒雾中影影绰绰的。山间太阳来得迟,冬天大清早的北风凛冽。

一声尖锐的哨子划破清冷的黎明。过了一会,又是锐厉的哨子声划然而过。小鬼忠于职守,他吹哨子如同吹军号一般认真。

哨子一声声自东边石印部吹起,经过铅印部,装订部,直到总务处办公室。

这是早饭的集合号,食堂里热气腾腾,挤满了人。

墙上贴着一张布告,附有印刷厂的组织系统表,号召大家多提意见,以期改进工作,进一步健全组织。墙上的告示让人感到是在一个革命的大家庭里。

我作了一次巡礼。

铅印部是一个统间,惟一的一架铅印机还是老远从温州买来的。这时铸字炉内炉火熊熊,火苗跳跃,四壁通红。整块铅条投入炉中,然后配上铜模,铸成铅字。机器很旧,而铅字的需求又很急,铸字工人全神贯注地生产着铅字,如同生产供应前线的子弹。

朝阳渐渐照入竹篾和薄纸糊成的窗户,照在铅印机上。那机器即将运转,在白纸上印成一个一个黑字,从而变成有生命的文字。

这时铅印部的工场里,有的工人把铸就的铅字,分门别类置于木架上,有的用机油揩拭着等待开印的印刷机,一片热烈景象。

石印部设在祠堂里,穿过一条羊肠小道便进入石印部的大厅。这里占地面积较大,用竹篾分隔成印务间和磨石间,还有几间工人宿舍。石印部工人较多,成品出得快,到了那里,一本已经装订成册的《抗战歌曲选》便端在我面前。

小册子,整整二十页,印了十一支著名的抗战歌曲,拿在手里只感到心里火热，须知这是我们的第一批产品啊！

离开石印部，又到印务股所属三个部中最小的装订部去了一趟。回到总务处的时候，屋内静悄悄的，干部们都到各工场去了，只有从苏区来的老朱一个人忙着。

老朱说，今天开工第一天，出版一册歌曲选，这只是第一步。将来我们要编印各种军政书籍，条件成熟时还要出版《抗敌报》等等。

这就是我们的文化堡垒。

我们的文化堡垒啊！

救亡室

冬之暮，山岭苍茫一片。从小河口开会回来，青弋江是墨蓝的。山间的冬夜来得早。我们点燃一盏小灯笼，一星火花在脚下的崎岖山径闪动。夜风里，山泉潺潺，野草瑟缩地嘘嘘作响。

回到我们的住处画家园，印刷厂的大会已开过了。主要议题是成立工人自己的群众组织，一是工会，二是救亡室。会上选出了负责人以及若干名干事的名单。

救亡室倒是一个新鲜名词，我第一次听到有这样的群众组织，不知该怎么开展活动。

一位年长的伙伴热心地陪同我到兄弟单位去看看。于是下了山坡，走过沙滩，跨上渡船。我们自己撑渡到对岸小河口。

"看看他们怎么布置救亡室。"同行的伙伴说。

小河口的军医处设在一座祠堂里。屋宇广阔阴深，正中高高悬着圆球形的大红灯，顶端是一个纸剪的特大红五角星。四壁上有革命领袖的画像。一些拥护抗战的美术字标语，特地贴成斜角状。石柱上像楹联般写着斗大的字：

"巩固和扩大抗日民族统一战线!"

还有一些表格和图画,气氛很热烈。

接着就到麻岭坑,参观修械所的救亡室。他们吸取了人家的优点,不搞繁琐化。庭院里以简洁大方取胜,处处别出心裁,很有点美学趣味。

此后第一营、第二营、留守处和休养连,也各有自己的救亡室,在布置上都有特色。

当天下午,我们召开救亡室的群众大会,围着一盆炭火,端着滚热的茶,十几个同志如同举行家庭茶话会,会上弥漫着温暖亲切的气氛。大家畅谈如何办好我们印刷厂的救亡室,以迎接即将到来的除夕和一九三九年的元旦。

简单说来,救亡室是活跃群众业余生活的组织,开展各种文体娱乐活动,提高工人的文化水平和思想修养,是抗日革命根据地独有的群众组织。

正如"救亡室暂行条例"所说:救亡室是部队的"文化心脏",是政治上的动力之一。

条例规定,救亡室设主任一人,有一个干事会,分别为文化、青年、图书、墙报、民运、娱乐、经济和卫生,各设干事一名。

名单公布后,当夜在油灯下召开了救亡室的干部会议。灯光摇曳,人影晃动,干事们明确了自己的职责,七嘴八舌,一直谈到夜深时,吃烘山芋充饥。

晚上主要达成两项决议:其一是排戏迎新年。这已由专人负责进行。其二是布置救亡室。总务处贴邻的一户人家有余屋,同意把厅堂堆积着的枯木另迁他处,腾出空间供我们作为救亡室的活动所在。根据上面的要求,各单位在除夕和元旦,至少演出两个剧目。印刷厂虽是草创伊始,也不例外。

下一天,首先是布置救亡室。一经打扫,原先堆柴的厅堂倒也敞亮。开了一个小会,在统一的美术设计下,干事们发挥各人特长,写标语、画挂图、剪纸花、扎红星等等,只不过半天时间,古旧的厅堂内顿时面貌一新。

有一二处设计，我们感到很自豪，首先得到自己的赞赏。

我们用剪碎的花纸黏成两个斜方块彩色大字："学""习"，分别贴在石灰剥落的墙壁上，十分醒目，也很美观，厅堂用竹条隔开，糊上粉白墙纸，分成两间，便于各种活动。

厅堂正前高高挂着"救亡室"的匾额。

驾乎这一切以上，有一幅很大的漫画，是我们一位干事的精心杰作。画面用了很多浓重的色块：地球东方站着一个巨人，他强壮有力的巨臂抢起铁锤，目光如炬地怒视着碎成三段的粗大铁链，火星迸溅处，爆出一长列色彩鲜明的斗大红字：

"中华民族解放万岁！"

多好的画。我们说，从这一行红字中，听得出中国人民抗日救亡的伟大呼声！

我们救亡室有很多出色的活动，后来我还常常想起的。

一九三九年

皖行纪程

出发前的等待

我在等待。

等待一个新生日子的来临，等待一次即将启程的远行。

这是离去前的晚上，出发前的等待。

一九三七年，"七·七"抗日烽火和"八·一三"淞沪御敌的炮声都已过去。冬天来了，接连多日的严寒天气。最寒冷的日子，平均温度是二点三度。有一天降到零下七度，为多年来所罕见，整个城市，像一座冰窖。

十一月十二日，日本侵略军以坦克开路，占领了南市、闸北、浦东以及苏州河以北的虹口等地。英、美、法等国声称保持中立，在其管辖下的上海公共租界和法租界，在近百年中国历史造成的这一片特殊地域以内，现在处于日军的包围之下，就像汪洋大海中一个孤零的小岛。

上海于是就这样成了奇特的孤岛。

这大约十八平方公里的租界边缘地带，布满了带钩的铁丝网、壁垒森严的铁门和铁栅栏。荷枪实弹的军警戒备圈外，到处是断垣残瓦，难民像潮水般涌入"孤岛"。

同样是魑魅魍魉的世界，租界以外处处是铁蹄下的废墟，租界内则由于受到庇护，呈现一片畸形的繁荣景象。

低气压，叫人喘不过气来的低气压。马路墙壁上，到处贴着惶惶的布告。报纸上大号标题载着某某被绑架，某某被暗杀的消息。侵略者加紧掠夺垄断，投机商趁机囤积居奇。百物飞涨，民不聊生。最严重的是粮油来路短缺，粮荒严重。日伪控制下的这个孤岛真正孤立起来了，岛上居民被形容为瓮中之鳖，随时有被吞噬的危险！

动乱不安的年代，谁也不知道将发生什么事情。有些人醉生梦死，浑浑噩噩地过日子；有些人挣扎在死亡线上，过着苟延残喘的生活；也有人为了民族解放的事业，坚守着自己的战斗堡垒。

"一方面是庄严的工作，一方面是荒淫与无耻。"

我赖以栖身的亭子间是"岛"上一个小小的洞穴。十平方空间，就是我的蜗居之地。我过着一种近乎被禁锢的生活。精神的枷锁，生活的桎梏，家庭的矛盾，都使我感到难耐的窒息和苦闷。侵略者的魔影覆盖着"孤岛"每一个角落。我像地下的土拨鼠一样，眼前是无边的黑暗。

啊，整整一年了！

然而终于出现了希望之光。

上海各界人民以地方上各群众团体的名义，组织一个上海民众对第三战区军民的慰劳团，将择期远行。这个慰劳团是上海各界抗日救亡协会负责人组成的，真正慰劳的并非顾祝同的那个第三战区，那是一种策略。我们真正去慰劳的是皖南抗日根据地的新四军！

埃陀是这个慰劳团的领路人，我感到意外，意外的惊喜。

埃陀是我们家的常客，比我年长十岁，是我少年时代的大朋友。我们经常通信。这几年来，他的足迹所至不下数千里。他为新四军担任一项采购和运输工作，包括护送上海的爱国青年到根据地去。当然这是秘密的，不过我多少知道一点。

在巴金编的画册《西班牙的黎明》中，我看到一帧题作《一个英雄》的画像，黧黑的脸，深邃的目光，坚毅果敢的神态，不知为什么使我想起埃陀。这几年他行踪不定，经常是突然出现，随后又不知去向。

前些日子，有人悄悄叩门，来到我的小小亭子间，原来埃陀又到了上海。几次长谈，他终于接受我的请求，让我随同慰劳团一起到皖南新四军去一次。

现在一切都已准备就绪。埃陀一再叮嘱我：换一个名字（他已经给我起了一个），换一身衣衫，伪装烟纸店小伙计的模样。千万别带什么文艺书籍，切记为要！

记住了约定的时间和集合的地点。如果没有变更，就不再另行通知。未来的旅程是曲折的：首先须穿过戒备森严的日军封锁线，然后转道国民党第三战区的所属地区，沿着浙东公路前往安徽境内。复杂的路线，各种敌对势力犬牙交错。必须提防任何细微的差错，以免招致意外的灾祸。

尽管这是一条充满危险的旅程，却是埃陀脚下熟悉的线路。由他带路的这次皖南之行，将使我进入一个憧憬已久的新世界。

一九三八年十一月十七日的晚上。我在等待一个新生日子的来临，等待一次即将启程的远行。

难忘的航程

我是谁？一个新名字，一身旧衣衫，一名小伙计，站在十一月秋风里，这个小青年就是我。我们会合后，在埃陀带领下，到外滩新关码头上船。

码头上景象森严，阴云密布。全副武装的日本宪兵虎视眈眈地注视着上船的乘客。凡是被认为形迹可疑的，或是厉声查问，或是喝令站在一边，或是被当场带走，谁也不知道自己的命运。

埃陀由于其特殊使命的需要，不但善于同敌伪周旋，而且受到码头上行帮势力的保护。其次，他从内地回到上海，同行的青年伙伴插在袋口的一支大号帕克金笔，在码头上不翼而飞。埃陀问明金笔丢失的经过，安慰了几句，说是去问问看。第二天，仿佛变魔术似的，埃陀不动声色地掏出那支被扒手窃去的帕克金笔。完璧归赵，重又回到失主的手里。

类似的事，或更为棘手更严重的事件，在埃陀往返上海和内地之间的曲折道路上，不知发生过多少次。有些情节听起来竟带有传奇色彩，但是我从未听埃陀自己说过，虽然我们交往多年，他有许多事是绝口不提的。

我们按事先的安排，分头上船。

海关大钟沉重地响了十下。晚上十点钟。我带了一个小旅行包，进入最下层的统舱。黑压压的全是人，伴随着轰轰然嘈杂的声音，一股浑浊的热浪迎面扑来，几乎使人晕眩。

我和刚刚相识的伙伴们，从拥挤的人群隙缝中穿过，艰难地在靠近后舱门侧找到一个铺位，席地而坐，喘了一口气，也松了一口气。

整个统舱像是一个密不通风的大洞穴，昏暗的灯光下，乱轰轰一大堆。一大堆人，一大堆货包，所有的地面都被占满了。大部分空间则又被重重叠叠的货包占领了。在恶浊的腥味的烟雾腾腾的包围之下，我仰卧在统舱上，很久很久都睡不着，取出 L 的长信又细细看了一遍。她最后说："你们去了，我将怎样呢？"最佳的回答还是她自己，我完全知道她将怎么办。我带走了一组刻骨铭心的记忆，连同一组美丽的青春旋律。

夜深了，洞穴里终于渐渐安静下来，人们都已进入梦乡，也有旅客蜷缩着身子睡在货包上。门开处，吹入一股凛冽的江风，我感到更清醒了，索性披衣坐起。

一个同伴睡眼蒙眬地问：

"天亮了没有？"

如果天亮了，船就要启航。

黎明时汽笛嘶鸣。

一阵紧张的操作，轮船解缆启碇，缓缓离开了码头。开船了。舷窗外依稀可见晨雾中的路灯，有如渴睡的眼睛。曾留下我童年和少年时代无数足迹的上海，渐渐落在我搭乘的轮船后面，渐渐远去。再见，上海，再见了。

轮船破浪前进。浦江两岸，断垣残壁，焦黑的瓦屋遗骸，东歪西倒的广告牌，一切破落景象都在诉述不久前刚刚发生过战争。侵略者的铁蹄过处，都是触目惊心的废墟。然而，古老的家园还在冒着烽烟，火种是不会熄灭的。我深信，我们将重建家园，伟大的祖国必有新生之日。

正午，船出吴淞口。我们终于驶出了被敌人扼住的"上海的咽喉"。我走到甲板上，只见水天浩阔，一只海鸥在波涛汹涌的浪尖上，无拘无束地来回飞翔，似乎用最流畅的线条，在祖国蓝天上描绘着两个字：自由。

大海的气息令人心旷神怡，我们尽情地深深呼吸。

夜里，海上起风了。风很大，大海霎时间显得骚动不安，浪涛声时而发出尖锐的呼哨，时而又像狂乱地抽打着的响鞭。不久，一切又归于寂静。

月亮升起来，皎洁如银的月光，从海面上笔直延伸，铺成一条长长的月光路，似乎是一条直登月宫之路。

甲板上，几个青年唱着歌。这本来就是一支撕裂人心的歌，海风又把歌声撕得一缕一缕的：

"我的家——在东北松花江上……"

我不禁又想起留在孤岛上忍受着苦难生活的伙伴们，在这黄海之夜，我似乎还没有摆脱梦魇的缠绕。

两天后，薄暮时分，昼夜运转的轮机轧轧声停歇了。此行目的地永嘉遥遥在望，但是轮船却停泊在瓯江湾外。原来是等待当地的检查队，据说须等到明天才能上船来检查。我们只能在闷浊的统舱里，熬过这第三个晚上。

翌日拂晓，我很早就起身，急急向统舱外的甲板上走去。啊，凛冽的、新鲜的晨风！从珠贝色的茫茫海面吹过来的一阵阵晨风，使人感到精神多么振奋！

这时，四周笼罩着一片灰色的宁静。我凝神屏息，目不转睛。天穹微微透露一线微光，朝霞拉开了第一道幕布。一抹水红色光纹脱颖而出，转瞬间变为一片玫瑰红，又化作嫣红的光焰，不断在海面上升和扩大。蓦地在大海的边缘上，一轮红日庄严地缓缓升起，像是燃烧的红盘，霎时间霞光万道，黄海日出，令人目眩神驰。

新的一天诞生了。

上午九点钟，通过几道严密的检查，我们的轮船驶入瓯江湾，两小时后到了永嘉。

永嘉行脚

到了永嘉，只觉得气候温和，暖洋洋的犹如早春天气。永嘉古名温州，其实今天人们还习称温州。

我们一行二十余人下榻于一个小客栈，店名人和旅舍，房租每天六角，包括一天三餐在内。床铺的整洁尤为难得。

午后，我们结伴上街。

永嘉是有名的鱼米之乡，物产丰富，手工业生产的花色品种很多。街头商店林立，市场上一片繁荣景象。我们从物资匮乏的"孤岛"来到这里，更觉得这个县城的富饶。在这和平的土地上，旅人的脚步是轻松的。

早就听说永嘉有一个江心寺，建立在瓯江中的孤屿山上，风光佳胜幽绝。我们在江边合雇一艘帆船，摆渡到江中心去。江面上碧波粼粼，风帆出没于天际，海鸥凌空飞翔，山光水色，宛然如在画中。

不久，浓荫覆盖的孤屿山隐约在望。南宋时永嘉太守谢灵运有两句诗：

"乱流趋正绝，孤屿媚中川"，就是对这个小岛的出色写照。

我忽然想到，我们刚离开的上海那个"孤岛"实在是徒有其名，眼前江中心的孤屿山才是名副其实的孤岛。

舍舟登岸，经过谢公亭，亭碑上镌刻谢灵运像，是纪念诗文双绝的谢太守建立的。随即来到江心寺。

江心寺始建于唐朝咸通时，是一座很有名的古刹。游人到此，首先注意到一副楹联，很奇特也很有名，我们都记在本子上：

上联是："云朝朝朝朝朝朝朝朝散"；

下联是："潮长长长长长长长长消"。

我们带了江心寺的怪联，回到永嘉城里，已是暮色四起了。夜早寝。明朝的征途更长，一行人又将远去。

第三天，夜未央，旅舍的灶头已热气腾腾，青烟充满店舍。年老的店主人不断呛咳着，忙于给客人们烧水煮粥。我们收拾了行装，赶早上路，必须在瓯江涨潮前赶到码头，然后沿着水路到青田。

这是个有月亮和星星的晚上。我们的行列穿过永嘉的大街小巷。行李和大批物件载在人力车上，车轮碾过石板道辚辚有声，伴随着一行人沙沙的脚步声，宛然是一支疾步前进的夜行军。

码头上人声嘈杂，以水为生的人们，早已揭开一天劳动生活的序幕。这时渔火摇曳，浪涛拍岸。我们把一箱箱的药水、药棉、器械和车胎等等，分别装上两艘篷船上。这一大批相当于军需品的货物，从敌人封锁线下穿过，冒了多大的风险！这时我才意识到，我们此行的任务有多重！

涨潮，天已大亮。我们的船和别的许多船，首尾用绳缆连结在一起，共约十余艘，由一艘开足马力的小火轮牵引着，浩浩荡荡离开永嘉岸边，像一列长长的水上火车，驶入水平如镜的温溪。

倚桅人

密云欲雨的瞬间，这个人抱着双臂，仰首靠着桅杆，面向深不可测的，即将被黑暗吞噬的大海，像是期待着什么。

期待着什么呢？

桅杆耸立在暮色沉沉的天空中。一束落日光，在桅杆顶端倏忽一现，立即消遁。满天乌云，沉重如铁，暴风雨前的低气压，令人窒息。

然而有了风。海风如张开巨翼，行将呼啸起来。

一只海鸥，傲然穿梭于海天，上下翱翔，仿佛给远行者带来某种信息。

这个人沉默无语。惊喜与战栗集于一身。纷繁的思绪随着潮水起伏。间或，放开视线，遥望水天浑沌的远方。

铅灰色的天空压得更低了，同海上的万顷烟波连成一片。回想过去，一段弯弯曲曲的岁月，愿把记忆略加引伸，却让一道闪电划然劈成两截：往昔与如今。

凝神屏息间，他轻轻叹了一口气。

突然一声霹雷，响彻空旷的甲板。雷声隆隆，有如车轮铁轴的苦重辗转，在天边滚过，在心头滚过。

他悚然一震。

天穹像巨幅灰布。海鸥腾飞，白色翅膀画出银亮的弧线，闪耀着希望。它来了，可是它又去了。

依然没有雨，一点一滴都没有。

他感到脸上灼热。不耐于久久等待，想呼喊，想大声呼喊。随后他焦躁不安地频频环顾。

环顾什么？追踪那没有任何羁绊的海鸥吗？憧憬海鸥的自由风姿吗？

沉思片刻，于是低低吹起口哨。古昔的恋歌，点燃心灵的火焰，使他迷醉。

下舱里，一群少男少女唱起不成节拍的歌，可是很美丽很美丽。当人们歌唱生活的愿望，或是歌唱理想，歌唱生命的时候，没有不动听的韵律。

风之翼终于鼓起来。歌声随风飞旋。青春笑语浮泛于海上。浪涛颠簸着港湾里的海船。

哦，雨来了，雨来了！

第一滴雨，暴风雨的第一个音符。

倚桅人，热泪盈眶，交抱着的双臂仰天张开，发出一声欢呼。

一九四〇年十一月

青田歌声

从温州到青田的公路被"自动破坏"，我们这才选择比较安全的水路。这条航道计程六十余公里，似乎并不算长，但我们却用了整整一天的时间才到达青田。

温溪是瓯江的一条支流，迤逦曲折。开头一段水程，火轮还能拖着一长串篷船缓缓行驶。其后水道渐窄，火轮无法航行，成串的篷船失去牵引力，只能分开，各自用竹篙撑驶。

溪水多浅滩，篷船如吃水太深，有搁浅乃至触礁的危险，这以后只能将行李和货箱等留在船上载运，除了少数的女同志，大部分伙伴都上岸步行。

很久很久，没有进入这样恬静的境界了。

在暖和的冬日晴阳下，绀碧的溪水，黛绿的群山，杂色的花树，像是笼罩着一种透明的灵光。一朵白云，一片帆影，似乎都凝然不动，一切都是静止的。这一路上明丽的山光水色，既是一幅大自然赋予的山水长卷，又是一首浙东独有的田园诗。

来自"孤岛"的青年伙伴们，不由得都陶醉在和平的环境里。然而，谁又能忘记，侵略者铁蹄下的人民，血和火的土地。那并不是很遥远的过去。不，战火在中国大地上燃烧得更炽烈了。

夕照下，一行旅人到了青田。这就是闻名于世的青田石的故乡。

经过数十里山程，带着满面风尘，我们相继来到青田汽车站的一家饭店。

饭店就在公路旁。各种长途汽车和重型卡车来往不绝，整天尘土飞扬。因为过往的旅客众多，车站周围极自然地形成一个小小的闹市。在形形色色的摊贩中，卖面食点心的为数最多，也有供应冷盆小酌的。天色垂黑，这个热闹的集市，就冷落下来。

这一夜，我们住在东岳庙。庙堂阴森空阔，城隍两旁站着无常与皂隶，满院是妖魔鬼怪，四壁画的也是地狱景象。嘘嘘有声的夜风穿过大殿，明灭不定的油灯有如荒野鬼火。这个夜晚我们真像游历了一回地狱，不少人都得了感冒。

第二天就搬到车站旁的咸亨饭店。埃陀说，因为前线战斗激烈，车辆运输频繁，约定来接我们的军用车，推迟了行期，想不到我们在青田住了整整一星期。

幸而我们找到了县立民众教育馆，天天去看报借书。木架上有一份本地出版的油印报纸：《烽火》。县教育馆馆长为人热诚，他约略谈了青田概况。

青田县人口约二十六万，由于战火没有蔓延到这里，广大民众都有点麻木不仁。抗战救亡组织也是有的，那多半都是青年学生自己在活动，有时他们也下乡宣传。

馆长又说，县里没有铅印，报纸是油印或者石印的，真是太落后了。言下不免感慨系之。

"我们组织了一个合唱队。"他最后又谦虚地说。

后来我们才知道，这位馆长本人是个很有才干的知识分子。我们即将离去的一个晚上，由县教育馆出面组织了一个歌咏大会，实际上是在馆长积极筹备下召开的一次盛大联欢会。

那一夜，在县里的一个大礼堂里，挤满了黑压压的一大片人，似乎全县的人都到了。这样热烈的场面，实在出乎我们的意外。我们被引领到台上就坐，只见桌上还摆着水果糕点之类，颇为郑重其事。主持人发表了热情洋溢的欢迎词。旋由我们致辞以表答谢。

歌咏大会的规模之大，令人惊异。在一个显然有音乐素养的青年从容指挥下，上百人的合唱队齐声歌唱。歌声由低沉转为激昂，钢铁似的音符布满大厅，飞向夜空，响彻寰宇，似乎整个县城都沸腾起来了!

我们都深受感动。听着这一支又一支燃烧般的救亡歌曲，深深感到抗日的火种无往而不在。

大厅内歌声刚停，掌声四起。这时，又传来一个小合唱队的歌声:

"大刀——向——鬼子们的头上砍去……"

稚雅、天真、活跃的歌声，渐渐由远而近，进入大厅，这才知道二十名小学生也来参加歌咏大会，场子里的气氛更加白热化了。

最感人的是三个刚从杭州逃难出来的女学生合唱《松花江上》，歌声如泣似诉。今日的西湖柳堤有如当年松花江畔的白桦林，亡国之音使听众唏嘘不已，也激起了更强烈的反抗怒火。

翌日清晨，这三位穿黄色制服的女青年，到我们的旅舍来叙谈，同时带来一份还带着油墨气味的本县油印报纸《烽火》，在"本县近讯"的专栏里，登着一条简讯:

"昨日下午七时，本县抗卫会宣工队，在县党部大礼堂召开欢迎上海救亡同志过青年联欢大会，歌声激昂，情绪非常热烈。"

我们相互勉励，共同努力，为苦难的中国，贡献自己的青春和力量。

"你们还不走吧?"我随口问。

"不，我们是来告别的，等一会就出发了。"

啊，我们还没有走呢。向她们握别时，大家情不自禁地唱起歌来。当然，进行曲！

风沙旅途

中午十二点四十分，一辆红十字会卡车载着我们离开了青田。没有篷的大卡车扬起一阵烟尘。转眼间，喧闹的青田车站落在后面，连同我们下宿的咸亨饭店都消逝了。

我们共二十三人，有学生、店员和小学教员，大部分是来自"孤岛"上海的爱国青年。共同的理想和追求光明的热情，使我们结成征途上的伙伴。

车上载有大量物资，如西药、汽车零件、印刷机、铸字机和铸字模的铅条等等，几乎占满了半部卡车。人只能坐在货包和木箱上，而前面是长途跋涉的旅程。

公路沿着瓯江向前伸展。我们陶醉在一幅又一幅的浙东山水画里。向高处望山，向低处看水；群山绵延起伏，江水迤逦如带。冬天是枯水季节，江面上布满了大块的嶙峋礁岩。一连串长长的乌黑色竹筏，蜿蜒于巉岩之间，远远传来船夫拉纤的哼呵声。卡车拐过山崖，时或可见用石块高高垒起的山村小屋，黑瓦白墙点缀着山林。这明净淡雅的调子，牧歌般的风光，恬静的气息，处处使人迷醉。

一路风沙。司机又加大油门，卡车开得飞快，车子震动得很厉害，车上颠簸不已。坐在空无遮拦的卡车上，迎着飞扬的黄土沙石，大家把围巾紧紧包在头上，只露出两只眼睛。或者埋头缩在衣兜里，不久，有人晕车呕吐，有人差点滚下车去。青年伙伴们互相帮助，互相鼓励，都有决心接受旅途中各种的考验。

下午三点，卡车抵达浙南的腹地丽水。

在古城里停留了两小时。从丽水开车，快近五点钟了。古城头上暮色苍茫，远远响起了声声军号。军号声的余音飘散在旷野上。那苍凉意境，令人沉默。

我们的卡车又上路了，在黄昏的公路上奔驰。

这以后的一段路崎岖不平，比丽青公路危险得多。过了险峻的悬崖绝壁，迎面又是千仞深壑，仿佛下临无地。车上旅客东歪西倒，无不感到惴惴然。

垂暮天色很快转黑了。车过缙云，前面是平坦空阔的原野。公路像一条黄土带子向前伸展。车轮后黄土滚滚。夜风呼啸。尽管人人都蒙着头，弓着腰背，仍然不能抵挡风沙的侵袭。车上的人们活像一堆堆黄沙小丘。这真是经历考验的时刻。

终于，远远看见了点点灯火，永康到了。抗战初期，永康一度是浙江省的临时省会所在地。城内的屋宇稠密，行人川流不息，街上很繁荣。

预定在此地宿夜，大家都活跃起来，抖落满身尘土，松了一口气，将行李安置在旅馆里，就上街去看永康的夜市。在灯光照耀的街上走了一会，发现战时的内地市容倒是很兴旺的。商店酒楼鳞次栉比，行人熙熙攘攘，宛然是一个繁华的小世界。由于旅途劳顿，明朝又须赶路，我们无意在街上久留，还是回到旅店去寻找异乡的梦。

翌日清早五时，大卡车又载着我们离开永康，在黎明之前匆匆上路。天气阴寒，卡车在白茫茫的晨雾中蹒跚前行。天边逐渐勾出远山的灰暗轮廓。为了抵御拂晓时那一阵寒冷，我们不约而同唱起歌来，抗战救亡的歌曲给我们带来精神上的火焰。

早上七点整，卡车穿过金华城。杭州沦陷后，浙江省的政治、经济和军事中心都转移到此的金华，市区热闹非凡，可是我们既没有停留，更不可能细看，就在车轮滚滚中过去了。我暗暗许愿，有朝一日也许能再来，并且住上几天，却又不知是何年何月重临此地，不觉怅然。

我们昼夜兼程，为的是直奔皖南，我们的抗日根据地。现在距目的地虽然还有一段路程，毕竟已逐渐靠近了。午后一点钟，卡车从浙江省进入安徽省，两省交界处有一块木牌为记。

虽然只不过隔了一块木牌，安徽的景色显然有别于浙江。浙东的山色是柔媚的，一入皖境，四周的山似乎变得倔直拙朴，多了一点粗犷气息。卡车弯弯曲曲的绕着傍山的公路，引起一阵震动，有些同行者又晕车了。

高山峭拔，北风刺脸。在漫天的风沙中，在寥廓的天空下，岩寺隐约在望。岩寺设有新四军兵站，到兵站须先通过公孙桥。卡车在大桥上疾驰而过。车上有人发出胜利的欢呼。

一九三九年十月

长途跋涉的行列

在岩寺第一兵站派出所和第一招待所的大门外，从早到晚总是尘土飞扬，车辆来往不绝。每天有一批来自许多省份的知识青年，时时有一阵阵歌声笑语，来到这里，然后被安排到皖南游击区去。

兵站同志说，前线战斗激烈，车辆不敷应用。这只要看军用卡车载满了棉衣和军需品就不难明白。我们在岩寺等了三天。

第四天晚上，全体召开了一个紧急会议。我们的下一站是太平县。情况表明，这几天不大可能派出卡车来接我们，如果不愿这样呆等下去，惟一的办法就只能步行。那就是一百八十公里的长途跋涉！

几乎不用讨论，一致通过：没有车子也要走！决定步行，招待所还给我们发了伙食津贴。

次日清晨，我们整装出发。岩寺招待所前的两棵乌桕树，在熹微晨光中摇曳着高大的树冠，似乎向我们颔首致意。一行人默默地踏上公孙桥。桥面上的白霜积得很厚，一连串脚迹印得清清楚楚，不由想起"人迹板桥霜"的诗句。

我们此行一共是十八人，有一位是女性。

这是一支奇怪的队伍：穿中山装的，穿工人装的，穿不打领结的破西装的，也有穿长袍大褂的，形形色色，五花八门。

前面是一条漫长的路，是一条铺满灰沙、碎石和尘埃的路。我们都必须奋力走完这条路。起先这个行列连成一条线，以后这条线渐渐拉开了，走在前面的，是全队惟一的女同志，她身上还挂着一只简易药箱。

在山麓下的一座茅亭里休息。毗邻茅亭有一家小店，卖芝麻饼兼供茶水。掌柜的老大娘说，从去年十二月以后，这条公路走过一批又一批的青年人，都在这茅亭里歇脚。

"大伙可喜欢我家做的芝麻饼啦。"大娘说。

那芝麻饼其大如盘，我们似乎从未吃过那么松脆可口的芝麻饼。每人吃了好几个，再带上几个。如同加足了燃料，一行旅人恢复了活力和生气，继续上路。

公路上响起铜铃声。一头又一头驴子驮着货包，由客商拉缰牵绳，像一支骆驼队在沙漠中蜿蜒而行，那一路洒落的铜铃声也使人联想到塞外风光。

汽车的喇叭声则又压倒驴子的铜铃声。军用卡车的繁忙来往，说明了前方战火炽烈。有客商说："太平炸得不像样喽，大街上连蚂蚁也找不到一个。"也有人说，新四军兵站改了地址。这些路边新闻都无法证实，我们只管加紧脚步，在驴子和卡车之间穿行。

太阳西斜，我们到了杨村。

本来可到汤口宿夜，那里距杨村十五里，为了保存体力，避免过于劳顿，决定住在杨村的公路旁一家旅店。坐定之后，这才感到两只脚像木头一般，几乎动弹不得。我在上海动身时花了九角半买的一双回力牌胶鞋，胶底磨损得如同薄纸，胶鞋内倒出来的全是沙子。

一路上不大说话的全队惟一女同志，这时忽然若有所悟地说："这才是真正的现实生活！"

又一个清晨，我们十八人组成的行列，继续走向未完的路程。阳光穿过树隙，照在经霜的枫叶和松针上，有一层淡淡的轻烟。林子里飘荡着树脂气息。女同志高兴地踩过落叶遍地的乡村小路。

深深地呼吸着，远行者的脚步又变得轻快矫健了。一鼓作气步行到中午，脸上汗涔涔地，脚下如陷入泥潭里，一步一步挨着走。队里一个机灵的小青年建议拦车，居然拦住了一辆漆着红十字会牌号的美制大卡车。我知道，那是我们部队自己的载重车，车上有一袋一袋的棉衣和棉背心，下面有四桶送往皖南根据地的铸字模铅条。司机也没有多说，就让我们这支疲劳的队伍上了车。

车行约五公里。真盘山路上，拐弯处出现三头驴子，为了让路，卡车猛地一震，靠外挡的两个伙伴猝不及防，一骨碌滚下车去。其余坐在卡车货包上的人赶紧抓住什么，吓得目瞪口呆。

好一会才醒悟过来，接着发现，车子的前轮凌空卡在两块大岩石之间，否则就将向低洼的山涧直冲下去，那简直不堪设想。一场车祸避免了，依然心有余悸。

这惊险的一瞬间过去以后，大伙立刻投入抢救卡车的行动中。先将车上的货包和装铅条的木箱依次卸下，借以减轻车的重量。司机拨正车胎，扳直保险档。大伙七手八脚搬动岩石，将凹下去的路面填平，卡车得以慢慢推到公路上。幸而马达没有损坏，卡车尚能行驶，于是把货包和铅条等重又搬上车。这一折腾足足费掉三个半小时。

出事的原因主要是超重。现在，除了受伤的两名伙伴，由带药箱的女同志加以护理，准予搭车以外，其余的人都只能靠自己的两条腿来征服前面的路。

夜色深浓，一行人的脚步是沉重的。

茫茫夜路仿佛没有尽头。

在乡村小路上举起手电，风尘仆仆的行列无声地向前移动。又饿又困，左拐右弯，偏偏又走了一条岔路。好容易到了谭家桥，夜已很深了。

我们在一户老百姓家里投宿。晚餐桌上的白菜豆腐是难得的佳肴，昏暗的灯光也分外温暖。喝点酒吧，大家高高举起大粗碗。啊！这一天是值得纪念的，我们车底余生的十几个人，真该互相庆祝一下。生命是美丽的！干杯！

又一个青色的黎明，谭家桥沐浴在晨光里。

经过一宵休息，我们的队伍又变得生气勃勃了。全程余下的路已经不多，不用半天便可走到目的地。大伙有说有笑，回顾这一段长途跋涉的道路，真是生命中一次难得的经历。生活告诉我们：不管路有多长，有多曲折，多艰难，只要跨出第一步，总能达到终点。

我们到达太平，太平果然在敌人的轰炸中。

一九四〇年五月

大地的脉息

　　我们立在山径的分歧点迟疑起来了，有两条交叉路横在我们脚跟前：若是走右边一条，无缘无故绕一个大圈子，至少要多走二十里；而左边一条窄窄的狭径是通到约有半里长的森林里去的，林中遍地是荆棘，林的彼端还有一座上下八里左右山程的大岭。

　　"走左边一条！"我的同伴最后下了决断。

　　他看上去大约三十几岁，宽宽肩膀，一顶褪色的灰布军帽，不相称地压在脑盖上，并且因为显得太小了，浅浅的帽檐不及兼顾后脑盖，一堆头发，冒冒失失的露了出来。他的灰布制服有多处补钉；有一粒纽扣缺落了，拖下一段线脚。但是他从头到脚穿得端端正正，甚至束腰的黄色牛皮带也有分寸地不偏不倚扣在两个纽子中间。他背后的包袱下面，挂着一双没有穿过的新草鞋。他手里握着一柄捆得很紧的油纸伞，木质的伞柄常常不耐烦地碰着斜挂在背上的枪柄。有一枚变成灰色的牙刷在他胸前的口袋里，旁边意外地又放着一支样子很不好看的铅笔。他对于这些零零星星的东西好像非常珍惜，东一挂西一勾的搭在身上。

　　"走左边一条！"他并没有等我同意，也不将选择的余地留给我，就跨开结实的步伐向前走了。事实上我们也没有时间再花费在踌躇上面。

　　这时已是黄昏了。漫山遍野燃烧似的枫叶，红得照人。

　　我们沿着左端的狭径，一直向森林走去。纷披的树叶交织成一片蓝色的朦胧。从树叶间隙漏下来疏疏斑斑的阳光散落在地面上。到处是腐烂的树根，浓滑的青苔。一股阴森森逼人的凉气，掺和着树脂的气味强烈地扑向我们。最初的一段林间路几乎全部由斑驳的枫叶所铺成，金色的阳光在枫叶的脉络上深深地思索。一种近乎暖和的潮气布满了整个森林。

林雀唧唧吱吱细碎的叫着，有时在稠密的树叶中间钻来钻去。枭鸟时而冷酷地笑着；还有一种栖息在森林里的古怪的野鸟，用着特有的调子急切啼啭，彼此遥遥地呼应着。

"喂……我看……我们要迷失了……你这样东闯西闯找珍珠宝贝吗？……这里什么也没有！"我说。

"没有？你看着吧！"他漫不经心地回答。

他的肩背上斜搭着一条笨重难看的陈旧枪支，看上去至少有几十斤重，它的形状很有些像"鸟铳"。他一面走路，一面不时俯身在卑湿的泥地上用力嗅嗅，然后抓起一小撮干土，细细用手研碎，喃喃咕噜着鉴别这土壤的好坏。他说：

"你不信？那你等着瞧吧！森林是我乳娘，我在森林里长大，怎么会不知道？……"

"走了大半天，我肚子饿坏了，腿也累了，坐下来休息休息怎么样……反正今天最快只能到山上，最慢也要到山上！"我靠在一株桅杆似的树干旁坐下来。空气中饱含着树脂的味道。一丛丛暗蓝色的，淡紫色的，浅红色的野花，杂生在荒草中间，时时散发着略含苦味的幽香。

"没有阳光，花草都生的不自在，没有法子！比如人，蹲在家里一天到晚不见阳光，还有什么好气色？不如在外边，白天让太阳晒晒，晚上给冷风吹吹，苦虽然苦，倒反而健康！"他自言自语地说。一面把背上的枪支解下来，顺手架在树枝的权丫旁，专心一意观察草丛，古铜色的脸上含着庄严的探求意味。

忽然，像发现什么奇迹似的，他伸出黝黑的右手，用大拇指和食指采摘一两片药草含在口中缓缓咀嚼，眼睛一亮，接着再采了两瓣放在我的手里，命令一般对我说：

"带着这个！如果你的脚给毒虫咬破，赶忙把这盖上，不会烂，不化脓，灵得很呢！"

"难道你以前做过医生吗？你怎么知道灵不灵？"

"哪里！"他笑起来，用大手掌把帽檐稍稍一推，矫枉过正了，又脱下来重新平平正正的戴在头上。"医生反而不一定知道了。一样东西总是用过了才知道它的好处。你慢慢自然会相信……你方才不是说饿吗？我这里有干粮……"他从包袱里捡出一大包麦饼来。

我啃着干粮——一种荞麦焙成的硬饼，没有完全嚼碎就带水咽下，饼块硬硬的哽住咽喉。但是他吃得津津有味，显然是习以为常：一只双料大的饼很快就吃完了。我被他吃得有劲起来，加以接连的走了三十里崎岖小径，肚子不免也很空虚，磨着牙床一口一口吃到第二个，居然也觉得咬起来很可口了。

上面，稠密的树枝树叶，纵横交错地织在一起，偶然有几点细碎的阳光筛下来照在他的脸上。他不时仰起头来意味深长地望望森林绿色的天幕，又低下头凝视铺在地上的苔藓，无限依恋地抚摩着树皮的裂缝。他可以凭着气味找到某种蕈类。他熟悉树根下野生植物的古怪名称。

"呀，这真是奇怪了，难道你在队伍里也学这些草木的名字？"

"哪里，我早就知道的！"他向我投视了一下，语气很平淡。"告诉你吧：我以前是砍柴的……这是一点没有革命意味的呀……后来，我加入了队伍，当一个勤务兵，直到现在……"

"以后呢？"我问他。

"以后还用说吗？"他束起包袱，有意无意的抬起头来向绿色的天幕仰视。

森林吐着逼人的凉气。微风摇曳。私语一般的枝叶就乱拍着响成一片。

在这一瞬间，草叶低下头来，发出萧萧的哆嗦声，缭绕着林际久久不散。地上火红的枫叶覆着青色的苔藓，一大堆一大堆的随风追逐着。

树丛后面，一只雉胆怯地躲闪着，迅速跑到树林深处，不到一箭之遥，又怯怯地回转头来驻足而观。

我的同伴那支"鸟铳"一般的陈年枪支寂寞地斜架在树枝的枝丫间。

林那边的雉还不曾窜走。

我的同伴依靠在一棵大树前，帽盖压到眉梢，把他吃剩的干粮小心地包起来，重又塞在包袱里。

"你这枪膛有子弹吗？用来打雉倒不坏！让我试一试……"我抚摸着厚重的枪柄，拿起来，掂着重量。雉还在那里。它的驯服的身子虽然掩盖在草丛里，但褐色的羽毛并未在我的注意中消失。

"打它做什么，它又不伤害你！"一会他又改变语气，"你要是瞄得准只用一颗子弹，你就试一试吧。可只许用一颗，子弹很贵呢……"

"不管它！"我举起枪支，对准目标放了一枪。砰然一声，嘈杂的鸟雀随着惊飞起来，发出惶惑而杂乱的振翅声。不久，激动的声响慢慢消失在寂静里。林端的草丛中扑起一阵剧烈的挣扎。那只雉微微抖动了一下，终于倒在满是苔藓的泥地上。

"看我打中了！看我打中了！"我惊喜得喊出声来，放下枪支赶忙走过去把猎物拾起来，惟恐给别人抢去似的。

森林屏住了呼吸。静极了，甚至连松针落地也能听出来。

"雉很伶俐的，这是运气！"他的眼睛凝视着一棵树，随即站起来把布包袱和油纸伞等零零碎碎的东西安置在固定地位上，摇一摇手说，"走吧！时候不早了，今夜还得在山上过夜呢！"

记得昨天早晨，我从青弋江畔出发到远处一个偏僻的村落里去，在路上，我遇见一个好像庄稼人似的兵士，那时候他的装束和现在完全一样：捐着大枪，挟着油纸伞，仿佛他的一生永远在旅行之中，仿佛这条路他永远也走不完似的。晚上在一家农民的茅屋里借宿，我们已经搭伴大半天了。今天清早起来，第一件工作是把昨晚铺在门板上的茅草，一堆一堆重新放置原处，卸下作床铺用的门板也照样合上。他的动作迅速利落。等到一切都已收拾完毕，他再仔细地看来看去，找一下有什么遗漏的没有；觉得满意了，他还专心地给那个老年农民扫一次地。最后才喝水吃麦饼。出门的时候，他从口袋里摸出一点足够我们一宿住吃的钱，塞在老人颤动的手里。老人痴痴地望着我们，他的花白胡子抖动着，匆促间不知说些什么才好……

"同志！"后来他在路上告诉我，"这就是我们的优良传统。"

现在他说："你不要摔跤呀，这一带腻腻的全是青苔，要是不留意踏上去，就会滑倒，走路总要时时提防才好！"

一路上，他总是给我许多劝告。这个人真有趣，我想。

一霎时，我的右脚不知怎么一个滑溜，左脚摇晃着几乎要跌下——他伸出胳膊一把搀住我。

"怎么样？我的话不错吧？"他端着枪向我笑道。

我默然。

穿过阴暗的森林，视野豁然开朗。天空蓝得渺远，幽美的云絮时卷时舒。松林仿佛吹起风笛，幽幽的彼此呼啸着，几乎要插翅飞去，旋到蓝透了的天边。在天边，一只山鹰飘在长空中发出凄厉的长啸。

他吐了口气说："现在我们爬山了！"

我把松散了的绑腿布重新缠过，用手掌在四周压平。回头看见那个同道而行的勤务兵，正在从背包旁边解下一双崭新的草鞋。

"缚绑腿留意别缠得太紧哪，太紧了肌肉要酸的。这双草鞋你穿着吧！我就是光脚板也能走路，用不着……"

"你自己穿吧！"我回绝了他，"不然你带着它装样子吗，我不要！"

"唉呀，我穿你穿有什么两样，我们都是有任务的……"说到任务，他的古铜色脸上闪耀着骄傲的光辉。两只大手不住地摇摆，一只眼睛闭着。

"山路我从小走惯。你是城里来的，路走多了会起泡，你穿着，我不是也很高兴吗？我不用再换了，穿着这鞋也能上山。你穿上试试，大一点不要紧的……快点，天暗了，别误了时间……"

为着不想过分执拗地拒绝一个质朴的好意，我坐在岩石上穿了草鞋。草鞋太大，穿在脚上，好像一只仅装半截货包的驳船。我们于是各人手执一条粗树枝当作棍子，踏着石磴，拾级登山。

森林里潮湿，滑腻。棘条纠缠着，仿佛要封闭我们向前的行径。

那个勤务兵毫不费力地迈着步子，几十里山路的跋涉，在他仿佛不算一回事，但是我的双腿因为持续运动得太久，这时候禁不住隐隐作酸；踝骨不好驱使，而且绑腿也散了。汗开始涔涔地渗出来，我微微地喘气。

地上，那些不知名的阔叶野生植物和藤蔓丛勾结在一起，缠绕着我的脚步。我只是随便用手里的树枝拨一下，疲倦使我疏忽。

"留意鹊不踏！留意鹊不踏！"我的旅伴忽然在前面警告我。

"什么鹊不踏鹊不踏，我不管！"我漫然地应着他的话，满不在乎。

"哼，你不管！"

"唉呀！"足下陡然起了一阵剧痛，我站住了。定睛一看，我的腿肚被一种野草割破了。这种植物连叶柄上都生着成行的锐刺，茎上全是可怕的针钩。

他摇摇头赶紧跑过来："不能怪我呢，才说过，一看到这家伙，谁都要打个寒噤！你要是不当心，一定得皮破血流。哈，你看……很痛吧……我从小砍柴，树林也认识我了，那会不知道……还有菝葜……连猴子都要被它捉住的……人若是踏了进去，便像被铁丝网困住一般休想出来……走路总得有这些麻烦，要想平平坦坦从这端到那端可不容易……可是，可是你若带一柄刀就好了……快把刚才给你的药草拿出来，用布扎紧……流血太多了会走不动路呢……我们的血总要到值得流时才流……"

我们坐在一块岩石上，我的腿上划了好几条痛楚的伤痕，仿佛受了一顿恶毒的鞭打，热辣辣的。血淌着，皮肉显得有点红肿了。他先掏出水壶来，用水浸湿了布给我擦去血渍，敷上药草，然后用劲扎住。

一只山鹰从天边的一角旋着大圈子——蓝天由青苍转向薄灰，晚归的乌鸦驮着渐近的夜色款款飞翔。

"你走得动吗？天晚了，上山还有二里路！"他向我看了一眼。

"当然走得动，等着干什么，天黑前一定走到山顶！"我霍地站起来。

山路的跋涉虽然在秋天也使我们感觉燥热。山风又把渗出来的汗液吹干。我们终于到了山上。回头一看，朦胧中，展现在山脚下的来路，缩成一条弯弯曲曲的长线了。

"在这里过夜吧……这地方不坏，很敞快……今夜就宿在这个屋子里。"

他指着前面，一座孤单的歇脚茶亭。倾斜的屋顶上，铺了一层厚厚的干泥。厚泥上盖满了参差的茅草。草屋的地基用棱角不平的大石块砌成。石壁只有三面，那空着的一面代替了门，开阔而且空洞。

"我们找几条木柴烧野火吧！你肚子饿不饿？包袱里有饼……"

我的两臂交叠着枕在脑后，舒坦地躺着。白天的困顿这时候一齐松弛下来了。

他用硬木柴搭成空心架子，在包袱里找火柴——不经意间一本薄薄的小册子掉落在地上，我获得什么秘密似的叫起来：

"书！什么书？你也识字吗？"

"哦！哦！"他有点局促，讷讷道，"学了两年，好歹会看点书了，可真糟糕，我的脑袋瓜笨得像黄牛……我要努力，努力学习，这书是指导员那边借来的。他总是要我多看书，说是学文化可重要啦……"

"不错，头脑武装跟身体武装一样重要！你的意识很正确！"我说得稚气，可是同样认真。

"嘿！革命意识吗？"他有点拗口，但终于说出来，"革命队伍自然产生革命意识……我以前什么都不懂……"说到这里，他摇了一下肩膀，脸上再也掩盖不住内心的骄傲———一种可夸耀的美丽的骄傲。

我仰卧在草堆上，把两臂交叠得更舒适一点，呆呆地望着高挂在天边细细碎碎亮眼的星星。秋夜的虫子梦幻般陶醉在呖呖的叫声里，它们起先还时断时续地唱着，后来就一直叫个不休。微风息索，松林发出深沉的吟声。

我们谁也睡不着。

火光照红他左侧的大半个脸。他又在火堆上加了枯杖皮，把篝火拨得更旺盛一点，枯叶哗剥作响，扇起跳跃的火焰。

"你冷吗？喔，半夜里风还要大，你以前不曾在山上露宿过吧？……我这里有一条薄毯子，你盖着，别受冷……这些东西白天带着嫌麻烦，到晚上……就不得不借重它了……"

天上的星星，越来越明亮，密密的罗布着。

我的手臂依然交叠着枕在脑后，星群美丽的光芒深深的迷惑了我。一个人到了这时候就会沉浸在深深的思索里。

"这样的星空，我看过也不只一次了，为什么这次总觉得特别呢？……想起来，我这样的人也是苦命的哪。从小是孤儿，孤零零一个人，迷迷失失过了三十几年……于是打仗了，幸亏我也加入了队伍……为着国家干革命呀……想起来，一个人总要为人民大众做些有益的事情才好哪……哦，明天我们分手了……我呢，我去送一封很紧要的信，你呢，有你自己的工作……一同在战斗，相别总还有相见的哪……睡吧，明天好走路……"

第二天早上，我醒来时太阳已在高空。空气清新。山巅上一片活跃的生命令人振奋。

"喂，起来！不早了！"我喊着。没有声音回答我，我想，莫非他过于疲劳因而睡昏了？当我侧转身来，只有一小堆昨晚燃烬的余灰和搭成架子模样的焦枝还留在那里。那个勤务兵却不知去向。喊了几次，回答我的只有空谷回声。

他也许到近边做什么，我想他不久就会回来和我一起下山，然后扬一扬手分别，各去完成自己的一份任务。但是他不见了。

"他终于先走了。"我怅然地向山下眺望。

不远的一个山岭上，浮动着朵朵透明的白云，镶着银亮的边。斑驳的田野与群山组成不规则的图案，在融融的阳光下静静呼吸。一条闪光的山溪盘旋着流去，描绘着一弯很大的弧形。我极目四顾，仿佛在遥远的地平线上，有一个庄稼人模样的新四军战士，跨开大步，直向太阳升起的地方走去。

我于是拾起那个旅伴留给我的棍子和干粮，继续起程。那是一九三八年暮秋，一个阳光照耀的日子。

一九四〇年六月四日雨夜

大地的脉息

江　边

　　深秋的夜晚。我在南京路外滩下了电车，迎面是斜风细雨。我撑起一把油纸伞。我是去向一位同窗十年的老朋友送行的，因为时间还早，有意走得慢一些。

　　夜雨淅淅沥沥下个不停，雨水成串从伞檐滴落下来，我贴着黑幢幢的街屋。在一个仓库门前站立一会儿。这一带路灯昏黄，在蒙蒙细雨中更显得黯淡。偶或从江面上传来一声汽笛，如同孤苦无告的嘶喊，码头上的夜遂更觉荒凉。四周是一片异样的寂静。

　　这真是孤岛之夜，我对自己说。不，不如说是荒岛之夜。

　　街灯的朦胧光影里，依稀有两个人也在躲雨，就在我近处的一个拱形门楣下。

　　我无意去听别人的对话，但是雨声中仍然能听见一个姑娘动人的声音：

　　"冷热自己一点也不小心，难道我永远能在你身边吗？"

　　男的却是一言不发。

　　女的说："昨晚上我父亲又骂我了，骂得很凶的，其实他也不想想，他每天吃用从哪儿来的！唉，有时他喝醉了，又是流泪，又是咒骂自己，也怪可怜的！"

　　男的依然默默无语。

　　透过飘忽的雨丝，一家小酒吧间飘出一阵烟雾，夹杂着吉卜赛女郎挑逗的笑声和软绵绵的音乐声，顷刻间门又关上了。

雨似乎小了一点，我举起油纸伞向十六铺码头走去。

想不到我又听见那姑娘低声温柔地说：

"啊，你听我说，身体总得自己保重一点，咳嗽还咳不？我们等的一个日子，我们的日子总会来的！"

那个男的含含糊糊回答了一句什么话，只顾向江岸那边眺望，显然带着隐隐的焦躁。他几次想说什么，正待启齿又止住了，或者说些不着边际的话，话语中透露出抱歉的声调。

原来他们就走在我前面，在同一条路上，两个人合用一顶很大的黑布伞。我只能看见他们伞下的两个背影。

那个姑娘挽着男朋友一起散步，只顾自己说话，听起来有如幽幽的独语：

"我常常想，我们都在受苦，我也不怨，不过我相信，好日子总有一天会落到我们头上，你说是吗？"

男的似乎骤然想起是在向他发问，便慌忙点一下头，真怪，这位学生模样的青年，他心里仿佛埋着一个秘密，不知为了什么事，他变得反常和沉默。

这时传来码头上起重机装卸货包的沉重的声响。间或响起码头工人的邪许声。江边一条小商轮不久将升火待发。船桅上有一盏半明不暗的灯，有如诡谲的眼睛。

海关大钟在一串庄严的音乐伴奏后，从容自若地敲了九下。晚上九点整。约定的时间还没有到，我在码头上徘徊，转向铁栏杆，看着黑魆魆的江水出神。

是谁，在铁栏杆的另一头唱歌。熟悉的歌曲，忧伤的旋律，凄迷的音调，在空旷的码头轻轻飞扬。仔细一听，是那个姑娘在曼声低唱。

他们挽着胳膊，并肩眺望黄浦江上悒郁的秋夜。看起来是幸福的一对，可是总使人觉得在幸福的背后，有一个不解的谜。

他们似乎根本没有注意到四周有什么人。在这个近乎荒漠的深秋雨夜，在这阴寒湿冷的码头上，仿佛就只有他们两个人。当一对情侣想逃避现实世界时，常常设想或憧憬荒无人烟的海岛。这也许就是他们并没有注意到我的原因。

随后，断断续续地，那个姑娘诉说着，轭下一般沉重的生活带来的苦恼。她的声音像是从痛苦深渊里发出的一种回响。但是她并不绝望。

她说，有时倚着窗口看天上飘浮的白云，真想飞，飞到高高的蓝天上……那声音恰如寂寞的女孩在编织一个美丽的童话。是哄骗自己，抑或寻求解脱？不知为什么，令人感到辛酸。

又下雨了。昏暗的灯光下，码头上笼罩着浓雾般的细雨。一顶宽大黑布伞遮着两个人影。只听见那个姑娘的清脆的声音：

"我可不能常跟你在一起。别再那么任性，烟酒都该节制一点。"

停停，她又说：

"咳，上回我给你织的那件毛线背心该穿上了。咳，你今天倒是怎么啦？不笑，又不说话。为什么？"

回答是含糊其辞，随即勉强一笑。

"也难怪你。这年头大家都苦，不是说，生活像泥河一样地流吗？咳，生活！不过，我们都还年轻，你得闯出一条路来，是不是？啊，我回去了！"

她并没有马上移步离开。过了一会儿，才从伞下探身出来，又立刻想起什么回身进入伞盖下，依恋地说：

"哪，差点忘了，我给你织的一副手套。试试看。暖和吧？今夜你就别送了，那边有电车站，我不用伞。你早点回去。哦，你不是有信给我吗？我带着你的信，看你的信，就像你在我的身边。"

黑布伞像童话里的大菌菇，这时菌菇下两双脚，不管雨水激溅，紧紧贴在一起。

我转过身去。

我回头时，黑布伞下只有一个人。那个男青年黯然神伤地凝望着，在街角消失的一个背影。他伫立着久久不动。忽然又挪步向对街奔去，似乎想去追踪他倾心的姑娘，却又停步不前，喃喃自语。他猛一转身，终于下了决心，匆匆下船去了。

他也去送朋友远行的吧，我想，也许是的。约定的时间已到，该是进入船舱去了。

在烟雾弥漫的货轮客舱里，我的那位十年同窗好友兴奋地向我握手。

他给我介绍一位和他同上征途的朋友。

我一愣。这位朋友过去从不相识，却又在哪儿见过。不错，就在刚才，在街头一角，在码头上。他手里那顶黑布伞还在滴着水。脚旁有一件小旅行包。

他苍白的脸上掠过阴郁的微笑，沉静地说：

"我看见你的，先生，我想你一定也看见我们。大时代有许多小插曲，刚才你看到的不过是其中的一个。我原想当面告诉她，可我不忍心向她当面告别，她看了我的信就会明白的。她不是一个平凡的女孩子，她想得开，她会原谅我而且祝福我。你看，我的心，我的手，有多温暖，不都是她给我的吗？"

带着这片温暖，他就要上路了。

我的同窗好友听毕这个生活中偶然的故事，不禁呵呵大笑，倒在席地铺开的床位上。

说者沉思了一会，隐藏着不易觉察的眼泪，背转身去看舷窗外秋雨连绵的黑夜。

今夜他们都要奔向憧憬已久的远方，让我也为他们祝福吧！

江边

一九四〇年十月

到钟楼去的路

　　"你看这条通到钟楼去的笔直的路，你看见竖在那穿条路前面拱形的石牌坊吗？"多年以前，我和大学时代的一个同学说，那一天我们在早春的大学城里散步。

　　"我看见了，那石牌坊，耸立在路上不知有多少年了。"她说，脸上带着温柔的沉思神气。"每次我从这里走过，总觉得它似乎很孤独很老，一个人到这样高龄，多半生活在回忆的日子里，甜蜜与忧愁一起糅合在心里，你说是吗？"

　　"而且它是沉默的。沉默中有多少感慨！试想我们脚下这条路，这条到课堂去的路上，曾经印上无数学生的步履。来了，又去了。按照学制的期限走完这条路。接着又来了另外一群，用同样的时光来来往往行走于这条路上。几年几十年，从父亲的儿子，到儿子的儿子，从上一代到下一代，世世代代走不完的路。"

　　"走不完的路。"她微微侧过脸来，看了我一眼，"我忽然想到，这条路乃是引向智慧的道路，这石牌坊若赐以嘉名可称作智慧的门。你说呢？"

　　"就为的是寻找智慧与幸福，人们不惜用青春年华来换取它，用数不尽的春秋佳日来换取它。哦，让我告诉你一个故事。"

　　"是关于一个老人的故事吗？"

　　"一个学者的故事。我听我祖父说：很久以前，这里有一个忘记岁月的人，一个勤奋好学的人。他贪婪地如饥似渴地读书，千卷书，万卷书，有若蚕食桑叶，为的是弥补他早年失去的求学时间。"

"失去的求学时间！"

"是的。他寻找，他探求，他索取。最后——这真使人迷惘起来，最后他被波涛万顷的书海吞噬了。"

"这怎么讲？你告诉我这为的是什么呀？"

"一天早上，他睁开眼来，一层翳障蒙住了他的双目。他不知发生了什么，他以为是下雨，其实窗外明明是一个明朗的好天气。"

"可怜的学者！"

"他起床，第一件事就是习惯地伸手抓起一本书。你知道他是一个博学的人。他近旁前前后后左右四近都是书。他的楼屋像一个小小的书城。既然他成年累月读书成癖，手不释卷乃是他无可更易的习惯，因此他那天首先想到的是一本没有读完的书。"

"他把自己一生都埋在书堆里！难道周围没有一个关心他的人，比如说，他没有一个伴侣吗？"

"书籍就是他终生的伴侣。没有一个女性敢于跟这样的人接近，或者说他根本没有一点余暇去接近一个女性，就像古代一位诗人说的那样，所谓书中自有黄金屋，书中自有颜如玉，他再也没有别的祈求了。"

"你说他那天早上手中拿着一本书——"

"他捧着书，可是再也分辨不清白纸上的黑字所赋予的意义。他分不出这本书是横排的还是直排的，是汉文抑或英文抑或法文德文俄文拉丁文意大利文？你知道，他懂得十几国文字，包括梵文在内。"

"那他到底怎么了？"

"他眼前一片模模糊糊的。他哆哆嗦嗦地摸索着。随后他呆呆地坐在窗前一把扶手椅上。一阵突如其来的悲哀，连同不可言说的恐惧，蓦地压倒了他。他一下子跌入黑暗的深渊里。他盲了！"

"盲了！这真可怕！难道这是可能的吗？"

"什么是可能，什么是不可能？他盲了，就像音乐家在一瞬间变成聋子一样，这是人的生命中最大的悲剧。他终于成了一个盲者，在我们希望不真实的事情实际上往往是真实的，因为真实，有时候反而接近残酷。"

"残酷的，残酷的。"

"是的，在那意外的打击降落在他的身上，又开始统治他此后的余生那一瞬间，他简直发疯了，哭笑无常了。医治无效，药石无灵，最后他惟有默默地接受命运的嘲弄。"

"我无法想象，一个人怎么打发无光无色的日子，他怎么度过永远是黑夜般的日子？"

"因为阳光对我们太重要了。"

我们慢慢走向前面的一座旧式钟楼。我的同伴忽然握住我的手。我觉得一阵轻微的颤栗从她身上又流到她手上。她的手发冷。我紧紧握着她的手。

"他还在这儿？"她悄声说，又像独语，又像是问询，"我是说他还在这大学城里，在这熙熙攘攘的人间，在这充满阳光的世上？"

"这就是我要告诉你的故事的尾声：他活着，他将永远活在那些受过他灌溉的许多人心里。我父亲在这儿念书的时候，跟一些同学一起，常常跑到他蜗居的钟楼上，找那位盲老师解决学习上的疑难。难得有人记起他，更难得有人到钟楼的角落去找他，因此你想想，当有人跟他讨论学问时，他那种惊喜罢！问他一句，他答上十句百句千句，真是一位满腹经典诲人不倦的好老师！"

"他是寂寞的，我想。"

"谁知道！不过他无疑是在智慧的领域里，涉猎过，漫游过，探险过。当然这都是属于过去了。现在临到我们这一代人去找他，自然再也找不到，人们完全把他归入历史，而且早已淡忘了。"

"可是我将永远不会忘记这个故事，虽然我赶不上见他一面，同你一样。"她出神地仰起头来眺望那迎面耸立的钟楼，慢慢又恢复了她的平静。她的手又变得温暖了。

我们穿过了道路要口的石牌坊。这时是上午十时整。钟楼上有一个人牵着绳子在打钟。

一九四五年九月

诗的艺术

李广田先生的《诗的艺术》是一本研究诗与诗人的好书。除了头一篇《论新诗的内容与形式》和最后一篇《树的比喻：给青年诗人的一封信》以外，中间三篇，是以他所熟悉的三个诗人为中心，谈论各自在诗的领域所取得的成就。这三位诗人是卞之琳、冯至和方敬。

因为作者自己是一个出色的散文作家，所以即使在这一部论文集子里，也还是保留他行文清新明快的风格：既不晦涩，也不道貌岸然的引经据典，于是读起来不致皱起眉头才有所得。是论文，但有着明显的散文特色。

虽说李广田先生在序文中自言最不满意的是《论卞之琳的十年诗草》那一篇，就我的私见，这一篇其实是很有分量的。从《章法与句法》论到《格式与韵法》，无一不经过细细的吟哦和推敲，然后再慎重其事地落笔，有如画龙点睛，他为读者一一点醒。尤其是诗中那一点来龙去脉，剖析得更其详尽，在心领神会之余，不得不心折诗人的匠心和批评者的慧眼。汉园三诗人中，卞之琳先生的诗独具奇丽的象征和独特的隐喻，如今由另一位汉园诗人来剖微析缕地加以诠释，并指出崎岖的创作历程，请问还有谁来担任这项工作最妥当，除了李广田先生？

其次，我们要先在这里谈谈作者的另一篇批评文章：《沉思的诗：论冯至的〈十四行集〉》。诗人冯至的《伍子胥》经千锤百炼而终于问世后，朋友们便竞相介绍。这是切切实实从事于文学工作的范例。李广田先生在此给我们一个认真的介绍——关于一位认真的作者的工作，认识它，了解它，进一步研究它。仅就这点而言，《论十四行诗》便有它深切的意义。

《诗人的声音：论方敬的〈雨景〉与〈声音〉》，极明确的指示出诗人的功过得失。正像在论述前两位诗人一样，作者一再表示他批评新诗的准绳，和他自己的看法：

> 在观点方面，我相信艺术的内容决定于形式，但我又相信最好的形式也可以反作用于内容，可以加深并提高内容。只以内容而论，我赞美那结实而健康的思想或感情；只以形式而论，我佩服那运用得恰到好处的手段或技巧，以一件整个作品而论，我以为那最好的作品应当是内容与形式的一致。

论卞之琳，论冯至以及论方敬，都不悖乎上述的观点。这个观点，我是赞同的。

最后我们要约略说及《树的比喻》，一封给青年作者的信。这好比一篇附录——一篇重要的附录。作者在此说明他对于写诗的过程与态度。他以为一个青年当感情奔放的时候，借写诗来倾诉，原是很自然的，应不以为非；不过问题在于是否会造成艺术上的一种损害。易言之，一般的文艺青年以为作诗"容易"，偶有所感，便三言两语四行五行的写起诗来，殊不知诗也是一种必须下功夫的艺术创作，有一天他将"由热衷到清醒"，感到自己的浅薄和浮夸。——李广田先生对准了青年诗人的通病剀切陈辞，一篇短文抵上一部《新诗作法》之类的书，值得一读。

一九四七年

关于聂耳的日记

——为纪念聂耳逝世二十周年而作

聂耳是中国新音乐运动伟大的旗手，第一个以鲜明的政治热情歌颂了工人阶级的中国革命音乐家。他的群众歌曲充满了巨大的激情和革命热力。在抗日战争年代，聂耳的歌就是一支响亮的战斗号角，人们一面唱着《义勇军进行曲》，一面投入了抗日救亡运动的巨流中。在那些民族危机深重的日子里，听了聂耳的《义勇军进行曲》，没有人不为之热血沸腾，或者激动得失声痛哭。这是一支庄严的歌，不朽的歌，它号召在苦难中的中国人民走向民族解放斗争，同时也预告了革命的暴风雨即将来临。

聂耳是一个战士。列宁称《国际歌》的作者欧仁·鲍狄埃是"一位最伟大的用歌来作为工具的宣传家"。聂耳也可以说是拿起了这样工具的宣传家。在他短促的二十四年生命中间，把音乐作为武器，为革命事业作了多少有益的工作。一个人生命的价值毕竟是不能以生存的时间长短来衡量的。

聂耳把他生命中最重要的年头都记载在日记里。他留下了将近十来本日记，有些是写在普通的练习本上，大部分是用的黑软面的厚本子，一律横写。大约开始于一九三〇年七月间，到一九三五年七月中旬，在日本鹄沼海岸不幸被巨浪卷走了年青的生命为止，除了中间偶有几页残缺或故意涂删以外，整整持续了差不多六年。

这六年是聂耳的黄金时代。是刻苦学习和勇敢创造的重要年代，也是他拿起音乐的武器向旧社会挑战的年代。读着日记里热情的文字——一个思想的片断，或者随便写下的生活琐事，你似乎能听见他内心独白的声音，大声和自己辩论的声音。因为他是如此年轻，所以即使在最贫困的境遇里，也总是显得那么风趣和快乐，闪耀着青春的光彩，充满了智慧、希望和理想。可是他又因为面临着一个暴风雨的大时代，他自己又处在极其艰苦的生活环境里，时或不免陷于忧郁，或者为多情善感所俘虏，但是当他和劳动人民结合在一起，就获得了力量的源泉，很快就成了一个无产阶级的战士。

已故音乐家麦新说过，"聂耳一生的二十四年本身就是一章不平凡的音乐"，那么，他留下来的那些亲笔日记应该是一些优美的乐章，通篇充满了强烈的时代节奏和生活气息。

在日记里，聂耳记录了他所经历的贫困的生活。当他快要接近饥饿的边缘，抱着一架相依为命的小提琴叩入"明月歌剧社"的大门以后，这个每月只有三块钱的乐队练习生，为了克服学习上的重重障碍：缺乏时间、教师、书籍和工具，进行了怎样艰苦的斗争。夏天，为了买蚊帐，不得不把寒衣送进当铺的高柜台里。而到了冬天，又要发愁怎样设法把寒衣从当铺里取出来！

他一生大部分时间都在贫困之中。每月领薪水时，往往除了伙食费以外，只剩下五毛钱，头发胡子长了都没有钱去修剪。为了买一张世界提琴名手约夏·海斐滋在上海的演奏会入场券，不惜把衣服卖掉了去听。或者有时候就在华懋饭店大玻璃窗外，倾听里面的音乐演奏，那些流浪的外国乐师给资产阶级主顾吃茶时奏乐的技艺不一定高明，可终究是奏的世界名曲，而且重要的是可以"免费旁听"。

日记是他学习生活的部分记录，也是他检查自己、鞭策自己的手稿。聂耳的刻苦自学的精神永远是我们的榜样。他对自己学习的要求是很严格的。他的毅力是惊人的。每天早晨，六点钟不到就按时起来拉琴，有时一拉就是五六个小时。时间对于好学的人总是感到不够支配，他不得不借助于工作的暇隙，中秋节晚上，别人都到外面赏月去了，他要保证完成自己的学习计

关于聂耳的日记——为纪念聂耳逝世二十周年而作

45

划，独自关在屋子里研究《和声学》与《作曲法》。在他的日记里常常写着："过了一天的小提琴生活"，这句简单的话意味着这一天紧张的劳动，长年累月的结果，他的脖子左边和右边及手指尖都磨起了一块硬茧。这些硬茧可以说明为什么他正式学习提琴还不到四个月的时候，就相当于一般人四年级的成绩。

聂耳把自己比作渴求新知识养料的"小树"，他在朋友的书架上看到马克思列宁主义的著作，顿时感到自己思想上的饥荒。根据他在日记里的回忆，聂耳早在一九二七年大革命时代，当他还在中学读书的时候，就接触了马克思和列宁的书。他的日记里有这样一句话："哲学的基础不稳固，路是难得走通的。"这就是说，如果不把自己的头脑用马克思列宁主义武装起来，他将在复杂的阶级社会里丧失了辨别能力。聂耳当时正在"明月社"工作，这个迎合落后的职业音乐团体如同一口大染缸，腐化堕落的势力随时有吞噬的危险，但是聂耳对自己所处复杂的环境是警惕的。

有一件事可以看出聂耳的战斗精神。"明月社"的负责人黎锦晖在政治气压极度低沉的年代，作了大批像《毛毛雨》《妹妹我爱你》《桃花江》等一类颓废的黄色歌曲，在群众中起了麻痹人心的作用。聂耳用了"黑天使"的笔名，在《电影艺术》杂志上发表了一篇题为《中国歌舞短论》的文章，严厉地指出这种为了追求"票房价值"，不惜迎合落后群众的黄色音乐的危险性。他说："应当把音乐当作枪和炸弹，作为革命武器来看待。"文章发表后，"黑天使"的名字，就像一颗"重磅炸弹"，引起了轩然大波。聂耳的目的是想通过争论使大家对中国歌舞的出路有正确的认识。但是"明月社"里的人都不能了解他，纷纷提出非难，聂耳和落后势力进行了斗争，这次斗争使聂耳终于下决心离开"明月社"。聂耳说："我要做的事多着呢。我是一个革命者，这样的生活已经该打屁股！"

在聂耳的日记里，不只是记录了个人的生活、工作和学习，而且反映出当时的社会面貌和时代背景，不只是向日记倾诉自己全部年青的灼热的感情，而且也极其冷静的批评自己，检查自己。用日记的形式来督促自己和锻炼自己，成为聂耳执行自我批评的一种特殊的方式。

我们现在所能知道的聂耳的早年生活，大部分资料也还是靠着聂耳自己的记载。这个医生的儿子，早年当过小兵，到处流浪，到上海后，在职业音乐团体当学徒，后来又担任第一提琴手。他参加话剧演出，任职电影场记，在银幕上露过面，在当时上海最大的交响乐队里拉提琴，短短的一生中却有着极其丰富的生活经历。

聂耳日记中的缺页和墨涂也是耐人寻味的。一九三二年四月二十一日的日记上写着一个不完整的短句："……在明晨会谈。"这句话看起来似乎极其平淡，实际上涉及到他生命中最重要的"乐章"。从这句话可以推想他逐步走向无产阶级革命的道路。那时他二十一岁，在这以前，他参加了党的外围组织"上海反帝大同盟"，数次站在游行示威的前列；其后又参加了"苏联之友社"的左翼音乐小组，经常和进步的音乐家、戏剧家、电影工作者和作家等在一起。一九三三年，在白色恐怖笼罩下，他加入了中国共产党。而那天在日记中所写的"明晨会谈"的内容，却变成了空白——被撕去了一页。这一页可能是为了怕日记本子万一落到敌人手里，故意把它撕去的。这撕去的一页，可能记载他和党的最初接触经过，这在他一生中是多么重要的一页。

在日记的字里行间，除了各种学习计划和每月收支账目外，有时会出现一个梦景的描绘，一瓣玫瑰落英的素描，一幅滑稽姿势的速写，一行用刺破了手指的血写下的字句，等等。这些虽是大乐章中小小的"插曲"，却也说明了这些日记的主人具有怎样热情的性格，怎样可爱的性格，怎样孩子气。

是的，从聂耳的全部日记中，你可以读到他的性格特点。他喜欢逛旧书店，喜欢给孩子们讲故事，喜欢倾听一切优美的音乐，他也喜欢在落叶满地的夜街上散步。他是这样热爱工作，热爱生命，热爱祖国和人民。他献出了自己的一生。

聂耳逝世二十周年了。《义勇军进行曲》在今天不但已成为中华人民共和国代国歌，作为中国人民的胜利象征，而且被视为反对奴役制度的一种有力的呼声。今天，我们的歌声已响彻了全世界。读着聂耳生前亲笔日记，一个迎着时代暴风雨前进的革命歌手的风姿，宛然如在眼前。

聂耳和他的歌，将永远铭刻在我们心里。

一九五五年七月

未完成的聂耳故事

——一组描写聂耳童年和少年时代的散文

老木匠的笛声

听，笛声又响起来了。

那个快乐的老木匠就住在聂守信家的隔壁——"成春堂"药号贴邻的木工作场里。那可赞美的好邻居！他不只善于用笨重的木料制作种种精巧的桌子椅子或是其他生活用具，使孩子高兴的是，他还能吹一口婉转动听的好笛子！木工和竹笛，这两者之间只要一种本领就足以使一个不满十岁的孩子感到迷惑和羡慕，何况这个老木匠一人兼有这样两种惊人的本领！

笛声嘹亮，悠扬，激越——小小的笛孔里飞出一串串迷人的笛韵——一圈圈笛韵的涟漪就在这条静静的甬道街荡漾，消失在染满胭脂色夕阳的街道尽头。

聂守信不由得出神了。

每天这个时候，老人做完了一天工作，就坐在工场一角，用他那一双全是厚茧的粗糙的手——可又是那么灵巧的手啊——拿起笛子呜呜地吹响。

啊，笛声为什么这样优美？老师傅你为什么吹得这样动人心弦？

笛声——如同一只无形的不可抗拒的手向孩子招引。只要听见笛子清越的吹响，聂守信就情不自禁地循声走向老木匠那里。

于是在木工作场门口，就会出现一个小小的脸庞，满脸渴慕的神气，一双聪颖的发亮的眼睛，像是要寻找什么童话中的秘密。

灰暗的尘埃浮动的小作场。孩子看见：在堆积如山的刨花、木屑和碎木料间，淡淡的落日余晖照亮一个满头霜雪的老人，照亮他那一支因为年长日久变了色的笛子。就是这一支细细的毫不显眼的笛子，当它在老木匠手里吹奏起来的时候，忽然变成了魔笛一根，那几乎是神奇的。

那是多么好多么叫人心爱的一支笛子啊！简直就是一只有灵性的小鸟，一只能歌唱的小鸟——歌唱太阳、微风和清晨——它时而像在无限清幽的深谷里啼啭；时而又在春天的林木深处喧噪；时而又变为成群鸟雀的啁啾声。是的，鸟儿怎样唱歌，老木匠的笛子也怎样歌唱——要是他也能学会吹奏笛子该有多好！对，一定要学会吹笛子！

有一天，聂守信在"成春堂"楼上做完了当天的学校作业呆呆出神。因为没有听到老木匠的笛声，茫然若有所失。难道老师傅今天有什么重要的事出门去了吗？还是自己刚才忙着做功课没有听到笛声呢？可爱的小鸟怎么今天不唱歌儿了？

孩子急急下楼，到了隔壁的工场间，原来老师傅正忙着赶做一件大的活，照例工作不告一段落，他是不愿中途歇下来的。老人全神贯注，仿佛在专心致意地创造一件贵重的产品，以致有人在门口带着询问的眼光定定地凝视着他，也丝毫没有觉察到。

孩子没有吭声。看见老师傅忙得满头大汗，也就从旁眼快手灵地帮着做些零活，把一件件工具递给他。老木匠是个沉默的人，乍一看甚至使人感到他是严厉的，然而在稍长时间的共同劳动里，这两个年龄相差几乎达半个世纪的邻居之间产生了一种莫逆的友谊。

老人和孩子的友谊很快发展了，友谊的媒介是劳动和音乐。不久，聂守信从老木匠那里学会了笛子的吹奏法，自己也购置了一支苏笛，不但可以跟老师傅的笛声媲美，而且还学会了怎样眯起一只眼睛，谛视刚刚刨过的木条侧面的垂直线是否平直。这两种本领本来是可以同时学会的！

谢谢你——第一个老师!

老木匠燃起一管旱烟,多少带点欣赏的神气看着这个"小徒弟",怡然微笑。他知道紧邻药铺里最小的孩子——聂家那个"四狗子"——在几个哥哥姐姐中间就数他最聪明!

他认识孩子的父亲和这一家人家……

这一家人家

这一家人家原先住在离昆明市约八十里的玉溪,在那里设立一个小小的制药铺,后来把药铺搬到省城里,全家也从乡下原籍迁居昆明市内。店主人聂鸿儒身兼店员和工友的勤杂事务,其实,他的本行却是个中医——以善制草药丹方闻名四邻。他起早摸黑,整天忙忙碌碌,把药铺里层层叠叠纵横数十个大小装药的抽屉经常拂拭得油然发亮。

当聂守信出世的时候,这个中医的家庭里已经有五个孩子:三个男的,两个女的。聂守信是第四个男孩,也是全家最小的一个。他诞生的那天——一九一二年二月十五日,旧历腊月二十八日——家家户户都忙着迎新除旧,准备欢度春节。

尽管这是辛亥革命第二年,专制腐朽的满清王朝刚刚推翻不久;尽管云南起义的枪声还在耳边,时局依然动荡不安;尽管生活的担子随着孩子的增加更显沉重,在这个中医的家庭里,这一年的节日前夜似乎分外感到喜气洋洋。

岁月在孩子头上流转,聂守信转眼就四岁了。

那一年聂守信幼小的心灵里受到了一个沉重的打击。终生劳碌的父亲,行医多年而始终未能摆脱贫困的命运的父亲,忽然一病不起,留下一大家子人和一个小小的药铺。

母亲彭寂宽默默地面对人生的艰辛,当着孩子们面前,她咬紧嘴唇竭力忍住眼泪。好容易东挪西借把棺葬费筹措齐全，在入殓那一天，郁积在母亲心头多天的悲哀顿时化成泪雨，围在身边一个比一个小的孩子们全都跟着哭泣。

聂守信还只有四岁，模模糊糊地，他仿佛感到从今以后父亲再也不会把他抱在膝头，再也不会把着手教他怎样认"人"字，再也不会……这些很难使孩子理解，然而，生离死别第一次在他心上投下一道阴影。看见哥哥姐姐们哭得这样伤心，不由得也举起小手呜呜地哭起来。

一场暴风雨过去了，现在生活的全部重担落在母亲肩上。母亲，写得一手秀丽的小楷的母亲，有一双能干的勤劳的双手的母亲，如今不但要治家，抚育孩子，而且还要担当起药铺日常制药的工作。由于她的细心和长期在药铺里生活的积累，实际上她已经等于半个中医，可是她从未想到如今居然要挑起医生的行业，独立支撑这个风雨飘摇的门面！

一天早上，她自己动手，把"成春堂"的大门又打开了！

辉朗的阳光重新照到这一家人家的门槛里。

生活继续向前……

母亲讲的故事

每天晚上，"成春堂"药号小楼的窗户上，照例映照着一朵跳跃的洋油灯光。

路过的街坊们望见这一朵灯光，就知道药铺里那位可敬的妈妈，带领着那一群幼雏似的孩子们，又围在桌旁温习功课了。

人们几乎能够想象这样的一幅景象：影影绰绰的灯光下，一家人团团围着桌子，母亲刚刚放下白天繁忙的工作——父亲在世时里里外外的职务，凑着灯光又拿起针线给左邻右里做些什么细活，用以贴补药铺收入的不足。

此外她还要负担对孩子们的教育。

聂守信五岁了，仅仅及得上桌子那样高，就开始爬在凳子上，随同哥哥姐姐们一起学习写字读书。他不断和陌生的方块字见面，很快就熟悉了许多难认的生字，不到一年，小脑袋里已经装满了五六百个方块字了。

带了这五六百个方块字，聂守信跳过了幼儿园，六岁的时候就跨入小学校大门，成为昆明省立师范附属小学校一年级生。

每夜临睡前是孩子们一天中最快乐的时刻。

这是从柜子上八音闹钟发出的一组叮叮当当的音乐开始的。这一只精致的八音闹钟是他们家里的骄傲，孩子们的安慰；因为它不止是按时准确无误地执行它的职务，给这一家人家报告时刻，而且它还按时按刻给他们带来一支甜甜的清脆的小曲子。

当八音闹钟轻轻地歌唱起来，母亲就放下针线，孩子们就放下手中的书本。

孩子们上了床，母亲就坐在床边给他们讲故事——讲那些多少年来流传在民间的美丽故事；讲那些寓有深意的古代的人们悲欢离合的故事；也讲那些勇敢的人们反抗暴力的统治者的故事。

许多许多的故事……在云南，常年繁花似锦。千百个丰富多彩的神话和传说正如千百种芬芳馥郁的鲜花一样，植根在肥沃的土壤上。

还有"花灯"——农民生活中的诗篇；它以戏曲的形式编成唱本的时候称之为"灯剧"。在民间流行的韵文木刻灯剧唱本，大抵是十字一句或七字一句，有歌词也有说白，富有传奇色彩的故事和曲折动人的生活情节，浸透了粗犷的泥土气息。

这些往往就是母亲所讲故事的来源。

啊，母亲的故事——"柳荫记""鹦哥记"或是"孟姜女"——只有听母亲讲过故事的孩子，才知道那是怎样幸福的时刻！幻想展开了翅膀，随着故事情节的牵系，无边无际地翱翔……

叮叮当当——叮叮当当！

小小的八音闹钟提醒孩子们现在到了应该入睡的时光，于是让那些故事的尾声陪伴孩子们依依不舍地坠入甜蜜的梦乡。

有一夜，母亲又照例给孩子们讲那些古老而又新鲜的故事。

母亲照常以她安详的语气，讲述着唱本中热烈的缠绵的人生戏剧。

最小的孩子聂守信眼睁睁地望着天花板，想象万里寻夫的孟姜女一路上遇到的重重的艰辛和困苦。屋子里静静地……忽然大家感到这天晚上的空气有些异样，谁都纳闷这间屋子里仿佛短少了什么；等到故事讲完了，那种令人不安的寂静忽然又像迷雾一般笼罩住孩子们的心头。

发生了什么事情？生活中失去了什么重要的东西？

孩子们面面相觑。然后立刻明白：原来柜子上那架可爱的八音小闹钟失踪了！是的，失去的正是那个小钟！

经过母亲解释，聂守信才知道为了给哥哥缴付本学期的学杂费，不得不将小闹钟卖给了人家。在孩子们的学业和家庭财富之间，母亲含着眼泪宁可选择了前者。能够责怪母亲么？不！想起每学期入学时，母亲为了张罗几个孩子越来越多的学费和书费，悄悄卖去了家中仅有的一些较为值钱的衣着用品，再傻的孩子都会变得懂事的。

可是不管怎么说，小闹钟毕竟没有了！

可爱的小闹钟，能按时唱歌的小闹钟，它给全家带来了生活里最动听的音乐。早晨起来或晚上入睡时，时钟里的八音琴就会奏出一支悠扬的小曲，每一个音符都带有熟悉的印记，尤其是晚上听母亲讲故事的时候！

啊，谁能想到进学校读书竟要付出那样昂贵的代价！

懂事的孩子

聂守信和他的两个哥哥站在墙角落里，商量着一件秘密的事。只要能分担母亲身上的重荷，哪怕只是其中很小很小的一部分，小兄弟们都甘愿冒天大的危险！他们小声地讨论了半天，最后决定去做一件在他们看来是很了不起的事！

第二天一早三个孩子就瞒着妈妈出去了。他们穿戴得整整齐齐的，神情非常严肃，一口气跑到设立在昆明的"云南讲武学堂"大门前，随后由其中的一个代表全体上前去和门前的警卫说话。

站岗的卫兵是一个大胡子，开头完全摸不着头脑，不明白到底怎么一回事。他俯下身来以最大的忍耐倾听孩子们说明来意，但始终弄不明白这三个小家伙搞的什么鬼，唉，最小的那个还不及他枪杆子高！

后来他似乎听懂了，于是眯着眼睛打量了一下，奇怪地道：

"你们想到这儿来当大兵吗？"

聂守信看看旁边的两个哥哥，三个人一齐认真地点点头。

"你们不怕给大兵抓去宰了吗？"

大胡子卫兵蓦地忍俊不禁地喷出一阵带有酒气的大笑。其余几个警卫正好也闷得发慌，听说这三个小不丁点儿的娃娃居然是为了从军而来，个个笑得前俯后仰缩成了一团，直到后来瞥见一个上级军官，赶紧一齐立正，才算喘过一口气来。

聂守信只好跟着哥哥们快快地走回家来。

这次失败的经验使他们想到应该怎样更实际一些。后来他们发现可以利用课余时间劳动的办法，来减轻家庭经济负担。

暑假快到了。他们在自己家里的药铺门前摆了一个小摊子，出售自制的药木瓜——一种用剩余的药材淹渍的食物。把卖得的一个铜子两个铜子如数都交给了妈妈。

他们自己绝不随便浪费一文钱，聂守信入学以来很少买过教科书。他的小学教科书是自己一字一句抄成的，抄得整整齐齐，钉成薄薄的一本书，看起来倒也很美观。这种手抄的教科书不只节省了费用，而且根据聂守信的经验，还可以练习书法，通过书写又增进了记忆。

他平时十分节俭，却又把日常生活安排得有条有理。那件小布褂上尽管有不少补钉，可永远是那么干干净净，平平伏伏。穿脏了，他自己动手洗，洗得很勤，很少去麻烦整天劳累的母亲。他从不羡慕学校里那些家境较为富裕的同学们穿用较好的衣着。

然而在初级小学毕业那一年，却为了衣服发生了一件事。

一天下午，聂守信从学校回来，一个人没精打采地坐在那儿发呆。勉强吃过晚饭，他坐在温习功课的桌子旁边愣了半天，一脸心不在焉的迷惘的神情。病了？不。跟同学吵架了？不。有谁欺负他了？不。聂守信只是摇头，不断地否认："不是！不是！不是！"

那么究竟是为了什么？

哥哥姐姐们都知道这个小弟弟，在学校里，他喜欢打球，爱好郊游，活动能力很强，同学们都喜欢跟他在一起玩；他的身体也一向是十分健壮的，不可能有人欺负他。

因此大家就觉得更奇怪了。正在专心给人家缝制新衣服的母亲也注意到守信反常的情形。她有些疑惑，于是就向孩子看了一眼，询问的眼光掠过孩子的脸上，孩子漫不经心地避开了。

母亲似乎有些生气。因为守信在家里年纪最小，做妈妈的自然更疼爱他一点，可是这并不是说被疼爱的孩子在家中可以有任何特权。

正因为是最年幼的孩子，更应该注意不让稚嫩的心灵沾上任何污点，受到任何伤害。有时候，孩子做错了一件什么事，母亲从来不以打骂作为惩罚的手段。她总是温和地跟孩子们讲理，直到孩子们真正认识到自己的错误。

但是今天母亲有些气愤了，为什么老是不开口呢？她严峻地又看了他一眼，眼光中包含了耐心的期待和无言的谴责。这样逼人的眼光足以使一个有什么过失的孩子低下头来把事实和盘托出，如果真是有什么过失的话！

可是依然没有任何说明和解释。

母亲看见孩子心里翻腾得厉害，摇摇头就不再问下去了。啊，有时候要说明一件事确实是困难的！

这天晚上，等到哥哥姐姐们都入睡了以后，母亲就伴着守信一个人，坐在床边轻轻地给他讲蜜蜂采蜜的故事，又讲蚂蚁怎样辛勤工作的故事。蚂蚁和蜜蜂，这些看起来很小很小的生物，当他们团结起来成为一个整体的时候，却能够创造往往使人难以置信的奇迹！它们是十分勇敢的！敢于面对任何困难而无所畏惧！

后来她又温和地从侧面问了一句：今天学校里老师说了些什么话，为什么一回家来就这样闷闷不乐呢？也许，初级小学毕业考试不能通过吧，老师说过要留级对不对？

聂守信着急起来，于是一口气把心里憋着的话全都倾倒在妈妈面前。"妈妈，你听，今天老师吩咐说，毕业班每一个同学都要按规章缝制一套童子军制服，只有童子军才能升入本校的高级小学部！"但是这怎么可能呢？

早些时候，为了缴付哥哥的学杂费，家里不得不把最后一件值钱的东西——可爱的八音琴小闹钟卖去了，想起来到如今还叫人心里难受。家里已经空无所有，靠着妈妈日日夜夜不息劳动的结果，连维持一家生计都感到困难，现在哪里还有多余的钱去做童子军制服呢？

可恶的学校！平时各种各样巧立名目的费用已经够使穷学生烦恼的了，到了人家毕业升学的关键还要来收这么一项"费用"。如果交不出，那么下学期就不能在那个学校升学了。

孩子小小的心灵充满了矛盾和苦楚，他想：如果告诉母亲只有叫老人家心里着急，还不如自己一人承受下去算了，反正做制服总是没有什么希望的，不料这样反而引起母亲的误解。

母亲心里更是千头万绪一团乱麻。平时，只要孩子有正当需求——可怜的孩子，他们是从来不提任何个人要求的，哪怕是作为孩子的最起码的要求——她宁可自己省吃俭用，倾其所有供给孩子们求学所需。可是今天这一笔童子军制服费用确实是她无能为力的了。做妈妈的眼看着孩子处于这样境地而无法加以帮助，心里比刀割还难过。

现在她完全明白了：孩子是体贴妈妈困难的处境，所以才一直闭口不谈的，可她差一点还错怪了孩子，以为他做了一件什么错事！"孩子，我的孩子！"母亲一把把孩子揽在自己怀里，母子俩都激动地哭了。

一九二三年春初，聂守信进了私立求实小学高级小学部，因为这个小学校并没有规定非要穿着童子军制服才能入学！

最初的音乐会

从聂守信进入私立求实小学校大门第一天起，他就是这个学校里最热烈的音乐爱好者中间的一个。

当音乐老师发现这个新来的学生在音乐感受上的某些禀赋和特长，更加引起他在学生课余活动中组织音乐小组的兴趣。不久，以这个音乐小组为基础，又发展为求实小学学生音乐团。其中有十几个十岁上下的小学生担任合奏，合奏的乐器包括二胡、三弦和笛子，有时也采用铃铛和风琴伴奏。

聂守信是这个音乐团体里的活动家。学校里浓厚的音乐空气对于他不啻如鱼得水，很快他就跟着一位擅长国乐的老师学会了演奏二胡、三弦和月琴。

他几乎对每一种接触到的乐器都感到极大的兴趣，时而试试这一种，时而试试那一种，每一种乐器都是一种诱惑，一种等待发现的有趣的秘密。

人们看见这个约莫十岁的小学生有一双灵巧的手——小小的手指，在不定音位的乐器上飞快跳动着，抑扬顿挫的音调从每根弦线上飘散出来，赢得了多少人的赞叹呵！

有一次求实小学校学生音乐团在联谊会上举行公开演奏。担任指挥的是音乐团最小的学生聂守信，他背着满堂听众，站在乐队面前，时时刻刻要踮起脚尖来，才能够得上指挥的高度。

那次的演奏十分出色，台下的掌声像潮水一样涌上来。所有在座的来宾——学生的家长们和当地某些有代表性的人物——对这个娃娃乐队都感到兴趣盎然，尤其是对那个站在台上举起两只小手做着各种姿势的小指挥。

这种音乐空气也带到聂守信自己家里。

聂守信的哥哥们受到强烈的音乐气氛的感染，在弟弟热心的推动下，也开始学习演奏一二种乐器。不久，一个小小的家庭音乐会就这样形成了。在一起合奏的还有那些爱好音乐的小伙伴。

那往往是在一天紧张的学习和劳动之后，全家聚集在小楼上，在一起度过灯下愉快的夜晚。

芬芳的春日的夜晚……在常年气候温暖如春的昆明之夜，几乎每个夜晚都是值得眷恋的。代替幼年时代母亲在床边讲故事的记忆，现在一家人尽情地享受着音乐给予他们的欢乐。

音乐——穷困家庭里珍贵的娱乐——使人心地纯洁，给人以永远向上的愿望的音乐！他们演奏得如此认真，如此酣畅，如此协调，有时候足足一连合奏了两三个钟头之久。

有一个时期，几乎每天晚上，人们走过这一家药铺门前就会听到一阵乐声悠扬——"梅花三弄""昭君出塞""金蛇狂舞"或是"翠湖春晓"，经常合奏的节目总有六七个。于是街坊们或路过的行人就彼此交换一个会意的目光，像是说：

"这是聂家的音乐会。"

那个最小的孩子——四狗子，还是指挥呢！

节目完了，往往从窗下响起了掌声。……

少年游

一群快乐的少年，像一群脱缰的小野马，在野地里卷起一阵旋风——跳跃，欢呼，一路上飞扬着笑声，直奔昆明城外。

这一天晴光万里，聂守信和他的同学们结伴到昆明郊外去远足。

他们一早就从家里出发，露水还在草叶上闪烁。在一年四季都是春天的昆明，大地容光焕发，远近一片鲜亮的葱翠，土地到处都浸透着浓郁的香气。一眼望去，一片花树像迷茫的雾，像桃色的云，也像透明的泡沫。灿烂，闪亮，照耀，给人以无尽的喜悦。

他们继续不断向前飞奔……远远瞥见有名的西山美人峰黛绿的影子。湛蓝的天边挂着一朵云彩，镶着银亮的光边，五百里"滇池"——昆明人带着特殊的感情称之为"海"——就在白云下面，真是一片澄碧的水晶似的境界。绿玉色的波浪吻着流云的投影，如同一层白色的氤氲在水面飘浮。

他们向前飞奔……脚下土地松软，每一步踩下去，都会引起弹性的微微的跳动。温暖清新的气流在身边流驰，通身都感到轻柔。

哦，风啊！——在五彩的树丛中穿过的微风，让我们一起赛跑吧！——在潺潺的溪边吹过的微风，看我们谁跑得更快些！——在耳边低声絮语的微风啊，或者就由你驾着我们四处飞翔！——不，我们自己就是一阵风，那么就让我们飞去吧！

一阵旋风过去……跑完了繁花夹道的长长一段道路，迅速地来到路旁的茶亭外，蓦地停了下来。听听！谁在那儿歌唱？是哪个唱花灯的艺人借着茶亭一角在卖艺献唱；还是某一个灯剧班子从农村演出归来在路边歇脚？

听——

> 正月里来桃花开来哟——
>
> 桃树呀呢本来是——咿呀嗬嗨呀呀嘿
>
> 遍地栽咿呀嗬嗨——哪嗬咿嗬嗨……

这不是玉溪灯调"十二花"吗？玉溪是聂守信的家乡，虽然他一生中只去过一次，然而对灯调的兴趣却是与生俱来。他站在村子里的打谷场上看过当地的花灯剧的演出。

花灯……对于每一个玉溪的少年说来，花灯是他们生活中最大的诱惑。母亲讲的许多耳熟能详的故事，不少来自灯调剧本。其中一些优美的旋律，令人长久难忘，只要听见灯调他就会打着拍子唱起来。

行吟的歌者远去了，渐渐消失在姹紫嫣红的花树丛中。歌声悠悠，在蓝天白云下还是余音不绝。那高高的天空蓝得多么出奇啊！

于是这一群快乐的少年又向着大路那头拔步飞奔，仿佛追随着那远方的歌声，远远跟踪而去……

现在他们来到一条溶溶的大河旁边。

大河悄然，河水清澈见底，微波荡漾。有谁向河里投了一块石子，一片涟漪迅速向四周扩大，扩大到远处河岸旁边，岸旁的水里布满了绿树深浓的影子。

他们都在树荫下席地而坐。大概是因为路跑多了，虽然还只是初夏时节，却感到暑气扑面，汗涔涔的不胜炎热。有一个孩子脱下鞋子把脚浸在水里，于是一双双赤脚都学样浸在河水里，嘻嘻哈哈一阵笑语声：

"好凉的水！"

"看我表演癞蛤蟆翻跟斗！"

"吹牛，浪里白条还数我！"

"这水很浅的，先下去试试看！"

七嘴八舌的一阵叫嚷以后，其中有一个大胆的同伴果然首先离开河岸，涉足水里，慢慢地一步一步向前移动，大约走了不到十步的样子，忽然像一尊铸像一般，呆立不动，顿时面无人色，举起双手大声喊叫：

"哎呀——不好了！"

他兀立在水里像生了根似的，一步也动弹不得。原来他被河床里滑腻腻的泥沼陷住了，越是挣扎就陷得越深；眼看就要被可怕的泥沼渐渐吞噬下去，这个一向自命大胆的同学这时竟吓得哭了起来。同行的伙伴们也个个呆若木鸡，完全被这个意外发生的事件吓得不知所措了。

看来没有一个人会游泳，刚才夸口的同学都噤若寒蝉，那个自夸"浪里白条"的小胖子更是不敢再吹嘘了。

"救命，救命呀！"站在河里的那个同学仿佛矮了半截头，两脚似乎正在陷下去。

聂守信也是不会游泳的，可是眼前这个危险的处境却使他忘记了自己能力是否胜任，不待考虑就猛然纵身跳下河去，企图把那个同学救起来，没想到他刚刚靠近那块危险的区域，自己也被脚下的泥沼陷住了！

这时岸旁所有的孩子都急得大叫：

"救人哪！快救救人哪！"

正在千钧一发之间，幸亏附近有几个过路人闻声赶到，好歹总算把这两个孩子救起来了。

这次泥沼遇险的消息传到求实小学老师和学生家长的耳朵里，自然不免对自己的子弟狠狠告诫一番。然而人们谈得最多的还是聂守信。

聂守信——这就是那个见义勇为的学生！为了救助同伴他奋不顾身跳到泥沼里！这样勇敢的行为是值得赞扬的！第二天，这件事像插了翅膀一样传遍了整个学校。

那年夏天，聂守信终于学会了游泳。

第一号褒状

私立求实小学是一家民办的穷学校，校址设立在两座年久失修的祠堂里。

这两座破陋不堪的旧祠堂各有一个文绉绉的名称：一个叫作"名宦祠"，另一个称为"乡贤祠"，向来由孔庙里几个道貌岸然的老头子把持着，这一回，还是再三向市政当局申请才拨给学校使用的。

他们终于欢欢喜喜搬运进古老的祠堂去了。

祠堂里阴气逼人，好像已经空了几个世纪，只要抬头看看挂在墙上的几块昏暗发黑的匾额就可以知道它的老朽。

孩子们第一天来上课的时候，高高的屋顶悬梁下忽然响起了一阵叽叽喳喳的鸟叫声，原来上面是一个鸟窠，鸟儿就在学生的头上往来飞旋。

聂守信和他的同伴们都觉得很有趣。

这里是蜘蛛之家，蟋蟀的故居，燕子常来的地方。当老师开始讲课的时候，这些祠堂里原来的主人就躲在角落里偷听。野猫肆无忌惮地穿梭来往，淘气的学生就准备了泥弹丸来进行射击，以致老师不得不时时停下来维持课堂里的秩序。

这样的课堂，事实上和在露天上课差不多；到了发风落雨的日子，石灰剥落的墙壁上就流满了一条一条泥浆；风先生和雨太太任意串门的结果，祠堂里高低不平的泥地上到处出现了一条一条的小河。

可是这毕竟不同于露天上课，一间破校舍总比没有校舍强得多，学生们能在祠堂里读书还是很高兴的。

上课才一个多月。有一天，忽然来了几个头戴瓜皮小帽，身穿长袍马褂的老头子。他们摇头摆脑的一路上咳咳咳咳——喉咙里像哽着什么东西——直闯进校长办公室，只听见校长办公室里叽叽咕咕一阵谈话，于是他们又摇头晃脑地咳咳着走出去了。

他们离去后，校长背着手在走廊里踱来踱去，一脸愁眉不展的样子。到了第二天，大家才明白那几个迂老头子是孔庙当局的代表，他们满口之乎者也地讲了许多孔夫子的大道理，最后才说明了要修理祠堂的种种理由，勒令学校限期迁出。

求实小学全体师生迫不得已只好又另外租了几间茅屋，作为临时教室，不分班级都挤在一起上课，满心想望祠堂修理完毕再搬回去。

聂守信是学生自治会会长，下了课常常跑到祠堂里去看，计算着返校的日期。

祠堂不久就修葺完工，里里外外粉刷一新。两个祠堂门楣上的恭楷题字"名宦"和"乡贤"仿佛也添上了墨彩和光泽。这一天，同学们又满怀兴奋去参观，不料祠堂的大门上却挂上了一把大锁。

一把大锁！小学生们都气愤起来。校长急忙跑去办交涉，却碰壁而归。那些封建卫道者吹胡子瞪眼睛疾言厉色道：

"咄，圣庙焉能办学？岂非有碍孔夫子尊严乎？"

大家都奇怪地窃窃私语，孔夫子不是提倡讲道传学的吗？怎么反而会嫌小学生冒犯他的尊严呢？这不是那些伪善的道学先生存心不让他们搬进去吗？

一连几天，求实小学全体师生都为这件事四处奔走。聂守信在学生自治会里跟同学们一起商量对付的办法。

"这帮老头子真可恶！他们不讲理，空着祠堂不让我们进去上课，我们就去找他们讲理，一定要把我们的校舍争回来！"

聂守信代表学生自治会，和其他几个同学一起跑去找那些自命孔圣人代表的老顽固，向他们陈述理由。初生之犊猛如虎，气得老头子们把水烟筒磕在桌子边上呼呼直响；咳咳咳咳，岂有此理，乳臭未干的小子，目无尊长，竟敢造反了！

但当一切威吓和咆哮在这群理直气壮的小学生面前都宣告失败的时候，最后他们只好把祠堂门上的大锁打开了。

斗争胜利了！求实小学庆祝重返新校舍那天，在会上发给聂守信一张"第一号褒状"。

母亲戴起老光眼镜，十分高兴地看过了这张荣誉证状——这张长方形的纸片上，记载着一个小学生为了争取校舍甘冒大不韪和一群封建势力代表斗争的故事。"第一号褒状"，这是一个有勇敢精神的小学生道德品质的褒状。

大地的脉息

聂守信轻轻地对母亲说：

"妈妈！以后我还要更努力，取得更好的成绩，将来您还会更高兴的！"

一九二四年冬季，聂守信以全校第一名的学习成绩，带了毕业证书离开了私立求实小学的大门。

时代在召唤

昆明省立第一师范学校新制高级部教员李国柱老师，在他那一间到处堆满了报刊书本的单人宿舍里，等候着他的一个学生——本校外国语专修科英文组学生聂守信。他很早就知道这个学生的某些情况，可是正式约他谈话这还是第一次。

李国柱老师受到学生们普遍的尊敬和爱戴，并不是单单由于他严谨的治学精神，也不只因为他潜移默化的诲人不倦的态度，还在于他给这个学校带来了新的思想。当许多年青的中学生第一次受到革命新思潮的洗礼——"工人有工做""耕者有其田""政权归于苏维埃"这样一些发光的字眼，好像一阵新鲜强烈的风吹进了生活的门限。

一九二五，二六，二七……一九二七年大革命风暴已经在远处地平线上发出了庄严的信号。革命的烽火迅速传遍了各地，黑夜里燃起的第一把烽火，照出了深沉的夜色，也照亮了夜行人的脚步。啊，苦难的中国，你勇敢地屹立起来吧，奋力挣脱你身上的重重枷锁和镣铐吧！

李国柱老师在学生中间传播了革命真理的种子，他以低沉有力的声音谈到那些时候外面的世界发生的事情。他瘦瘦高高的身子就像一株挺立的白杨树，即使他因为长期的肺结核时或引起一阵低低的呛咳，过后他还是习惯地把腰杆挺得笔直，仿佛他随时准备着应付任何意外的暴风雨侵袭。

聂守信从这位老师那里直接或间接地听到不少新的东西。自从五卅惨案发生后，几万万中国人民直接向压在头上的帝国主义和封建主义进行了轰轰烈烈的革命抗争：罢工、罢市和罢课，还有农民的示威运动，掀起了撼天的巨浪，澎澎湃湃地奔腾向前，汹涌冲击，不可遏制。

革命！

难忘的一九二七年……这是以革命军北伐节节胜利开始的，不久，革命的风暴就席卷全国。这些时候，李国柱老师的咳嗽更加剧烈了，但他的神情却似乎比往日更为沉着安详，只有少数比较接近的同学才能从老师的脸上看到一团火焰比往常更为炽热。

聂守信私下敬仰这位老师却还有其更深的原因。有一次，他无意中路过教员宿舍，听见小提琴的声音，那清越的音响，散落在黄昏的校园里，常常接连几小时不断。

聂守信带着深深的不安和激动，梦幻一般陶醉在典雅的琴声里，这是他有生以来第一次接触小提琴。

也就从此开始，他爱上了这种弦乐器中最艰难的一种乐器。

他也想找一个老师有空的日子，专程到老师宿舍里去拜访。有几次，他就站在窗下伫足谛听，听完了带着最大的快乐又离开。但使他感到奇怪的是，这许多日子以来却很少听到老师的琴声了。因此有一天他听说老师要找他去谈话，他几乎像小孩子一样地雀跃不停。

这时最后一节下课钟已敲过多时了，教员宿舍对面几株高大的榕树沐浴在金黄色的夕阳里。一只野鸟蓦地从暗绿的枝叶间噗啦啦地飞出来，驮着满翅斜阳又飞了开去。

屋子里很静。窗前的案头上放着一堆方方整整的学生作文课卷。李国柱老师随手翻阅了其中的一本，稚嫩的毛笔字写着一中学师范生最早的思想觉醒。其中有这样一些话："工人们受资本家之压迫，生计日高，工资不敷故也。"又说："欲免除罢工之患，非打倒资本阶级不可！"

这是聂守信的作文课卷。

"时代的号角在青年人的心里终于发出了响亮的回声……"李老师一面

翻阅一面心里暗暗喜悦，一丝微笑掠过他那充满了自信的脸颊。

是的，聂守信这个学生很有才气。早些时候，他就曾在自己直接领导的"省师"共产主义青年团地下组织的会上听大家说起过聂守信这个名字，在这次新学制改革后录取的第一批高级师范生中间，聂守信不仅是多项功课名列前茅，而且是一个极其出色的活动家。

同学们都很熟悉这个活动家：他能说相声，表演双簧和口技，使得救灾义演和学校筹募基金之类的游艺会上的节目经常翻新；他善于做许多精彩的滑稽动作，模仿好些地方方言和某些人物的习惯动作，惟妙惟肖，几乎可以达到优秀的喜剧演员表演水平。任何场合，只要有聂守信出现，那里就充满了欢笑和热闹。

他最喜欢的好像还是音乐……

李国柱老师听说音乐对这个热情的师范生几乎就是生命，于是不由得微笑了。这个新来的师范生有时拉二胡，有时吹笛子，有时演奏其他乐器，仿佛什么乐器都会一点。看来他是灵敏而且兴趣广泛的，要设法把分散的细流导向大海，那将会是一股巨大的力量。将来他到底会成为一个怎么样的人呢？

"音乐！"李国柱老师喃喃低语，他的思想发出了声音。于是摇摇头，叹了一口气，站了起来，瘦瘦高高的个子像一株挺立的白杨树一样站立在窗前。在这个可诅咒的社会，多少有用的人最后都成为庸材或者废物，多少有志气的时代青年被消蚀被吞噬，他不知不觉地骂出声来了。

就在这时一个身材不高的青年学生进退维谷地站在门口。门没有关上，他不知道老师跟谁在说话，要想退出去已经来不及了。李国柱老师很快把他迎了进去。

聂守信满头大汗，坐在椅子上还是满脸通红，像是刚刚跟谁吵了一架似的。他没有说明原委，只是很抱歉地说了一句：

"老师，我迟到了。"

"是的，要遵守时间。在课堂上迟到是不好的，在课堂外面缺乏时间观念就更不好！你一生有多少光阴可以迟到呢？为什么不遵守时间？"

"因为——"聂守信有些不好意思地解释着，"天冷，我到朋友家里借被盖去了。"

原来聂守信过去在昆明第一联合中学读初中时一向是走读的。考进了"省师"后，学校规定高级部学生一律要住在学校里。但是家里哪有多余的铺盖，刚搬到学校宿舍，天气还热，他的床上一直空空如也，这几天气候突然转冷，他不得不到朋友那里借用被褥。刚才，就为了背了这一床棉被急急赶回来，耽误了老师约谈的时间。

李国柱老师心里一阵激动。站在他面前的这个学生家境困难，从他开始懂事的年纪，"贫穷"就是他的人生教科书第一页。现在连一副御寒的被盖都没有！

"你为什么要读师范？"老师的语气显然是变得缓和甚至同情了，他给学生倒了一杯水。

"因为这是全省惟一的公费学校——公费，是我决定考师范的原因，要不我就得失学了。"聂守信接过了老师递过来的杯子，没有立刻就喝，却抬起头来时时刻刻注意放在桌旁的那个小提琴盒子。

老师把小提琴从盒子里取出来，试拉了一段，聂守信跟着在心里低低吟唱着这支歌的歌词——

> 走上前去呵，曙光在前，同志们奋斗！
> 用我们的刺刀和枪炮，开自己的路。
> 勇敢地迈步向前进，要高举战斗的旗帜。
> 我们是工人和农民的少年先锋队！
> 我们是工人和农民的少年先锋队！

接着老师又拉了一段"工农兵联合起来，向前进"！

都是大革命年代外面流传很广的革命歌曲。那有着纤细身腰的栗色小提琴的琴身里，似乎足以容纳世上最动人的音乐，只要有人懂得怎样使用它！

李国柱老师放下了琴弓，看见他的学生那一对发光的眼睛充满了感激，旋即把小提琴连同弓弦一起授给他，屋子里于是响起了涩涩的怯生生的琴声。

"这玩意儿不好使，我在学生的时候就学着拉。"老师慢慢地说，低声咳嗽了一下，突然提高了声音，"可是学会拉琴有什么用？你有没有想过，你生活的社会是怎样一个臭泥坑么？这个社会，内受反动统治阶级的压迫，外受帝国主义的欺凌，劳苦大众没有别的出路，除了革命！无产阶级和资产阶级最后冲突的结果，资产阶级必然被打倒，社会必然要有惊天动地的大变革，广大的人民也必然会奋起自救，这是铁定不移的！听说你十分爱好音乐，说不定有一天你在这方面真会有什么成就，生活中什么都是可能的，可你有没有想过音乐又是为了什么？一个人活着要是没有崇高的奋斗目标和远大的人生理想，还有什么意义可言呢？我想问你一句，什么才是你最大的人生理想和最高的奋斗目标呢？你不能再是一个普通的师范生了——"

"不能再是一个普通的师范生了！"聂守信回到宿舍里反复咀嚼着老师的话。深夜，寝室里的同学们在梦中模模糊糊地念着代数的方程式，聂守信辗转反侧久久不能成眠，白天那一席话，在他心中发出了强烈的回响。

就在那次谈话不久以后，血腥的一九二七年春天来了——四月十二日，蒋介石在国内依靠江浙财阀集团为后盾，在国外又仗着帝国主义的撑腰，公开背叛革命，在上海写下了史无前例的残暴和罪恶的一页：无数共产党员和参加革命的人民都横遭杀戮。

这一阵血风腥雨顷刻之间吹遍了全国各地。在昆明，在常年覆盖着鲜花和绿树的昆明，湖山突然变色，春天黯然无光。茫茫长夜，笛声都喑哑了。

十一月最后一天，聂守信拿着一本书若有所思地在桌子旁呆了好久。随后他在一本簿子上匆匆写下这样几个字：

"今天早晨，我读了几页马克思的文件——"

李老师之死

迷人的舞台灯光又亮了。布景：凯波勒府邸中的夜花园。"罗密欧与朱丽叶"第二幕第二场——

朱丽叶站在一个开向花园的阳台上。花前月下，说不尽的柔情蜜意。移时，低声哀怨地倾吐了两个字：

"喔，天！"

微微一顿，一声幽微的轻喟，一声几乎听不见的长长的叹息。

她没有看见藏身在玫瑰花丛阴影下兀自呆立的罗密欧，全然没有想到是她家族的世仇却又是她一见倾心的情人罗密欧，冒着生命的危险偷偷越墙到凯波勒宅第的花园里，伫候已久。

当罗密欧睁着惊异的眼睛意外地看到这个"光明的天使"露面以后，接下去就是出之于朱丽叶口中那段有名的爱情独白：

哦，罗密欧，罗密欧，你为什么是罗密欧？

不认你的父亲，也不要姓你的姓？

或者你不肯，你就起誓说你爱，

我可以再也不姓凯波勒！

完全是莎士比亚剧中人物的姿势，动作上稍稍夸张一些，可是感情却是真挚的。火一样炽热的爱情感染了台下的观众，全场都被深深吸引住了。

只有台下一个短发白衫黑裙子的女同学显得坐立不安，这人是聂守信的女友陈钟沪。她满脸忧色，心事重重，人在场子里，心却不知飞到什么地方。她恨不得立刻奔到后台把这个消息告诉聂守信。啊，谁能想到这样的不幸竟会落到他们头上！

舞台上，现在朱丽叶发现了有人藏在黑暗里偷听她的话，并且惊喜交集地立即看出了阳台下那个人就是她心中的罗密欧，两人终于会面了……

全场都凝神屏息。

这个小小的舞台上站着的"美丽女神"——莎士比亚画廊中不朽的女性形象之一——多少世纪以来，在全世界的舞台上，曾经有多少名伶以此作为攀登演技高峰的一个重要标志，如今由云南省立第一师范学校高级部外国语组的一个英语学生来饰演。

这一天，"省师"戏剧研究会主办的游艺晚会节目单上，写着饰演朱丽叶的演员名字——聂守信。一个男学生，却擅长饰演年青美丽的少女角色。

台下观众都还记得聂守信在话剧"格拉维哥"中饰玛丽亚；又一次，他担任了"女店主"中的杜九娘，这几个多情勇敢的少女群像，站在当时昆明的舞台上大放异彩。每一个角色都有闪烁动人的光芒，成为时髦的学生界重要的话题之一。在吃人的旧礼教束缚之下，男女同台是向来不许可的，男同学们愿意担任女角的不多，演得好的更少，聂守信是少数闯将中间的一个。

演出了好多次，可是没有一次像今天晚上这样成功。

聂守信穿着古代意大利少女纯白的垂地裙衫，口中念念有词地背诵着莎士比亚的名句，内心的暴风雨却在呼啸——有谁知道，有谁知道他内心深处的激动——一个秘密深深埋藏在心底——就在几天以前，聂守信在共产党员李国柱同志主持下参加了共产主义青年团！

其实，聂守信入团以前就在团的领导下进行许多活动；他熬夜印写传单，在冷街深巷张贴标语，有时还帮着联络工作。他早就和共青团员们经常在一起，参加读书会，讨论什么问题，有时候争论得脸红耳赤。入团那一天，李国柱老师意味深长地说：

"啊，你毕竟不是一个普通的师范生！要珍重自己青年时代的革命理想，善于运用生命中的每一份力量——劳动，学习，工作——一个人意识到自己是为了许多人工作的时候，力量是永无穷尽的！"

不知道为什么李国柱老师今天晚上没有来观剧。那个像白杨树一样瘦瘦高高的身子在人丛中本来是一眼就能看见的！还有坐在台沿很近的陈钟沪也不像往常那样热心看戏，至少在台上看起来如此。怎么，她甚至想站起来退场的样子。难道今晚的演出不够理想么？不，整个场子里黑压压地都坐满了人，看来观众的反应还是热烈的。

罗密欧的山盟海誓已经背完了。台上半响没有动静，躲在台旁的提词人担心聂守信忘了台词，着急地一再提示应轮到朱丽叶的那段话。过于长久的冷场，甚至于连台下的观众也有些不安起来。

突然朱丽叶恍如从梦中苏醒，顿了一下，接着又更加流畅地倾吐她的感情——

> 哦，幸福，幸福的夜晚，我怕，
> 因为是夜晚，一切都是个梦……

听见这几句台词，陈钟沪忍不住流下了眼泪，并且真的一转身就离开了座椅。

戏散场后，陈钟沪到后台来等聂守信。

"聂四哥！"她双眼一红没有立即说下去，拉着聂守信急急离开人来人往拥挤不堪的后台。到了屋外黑暗的校园里，如同晴天霹雳，她说出了李国柱老师今天不幸被捕的消息！

这是一九二八年秋天，白色恐怖弥漫。在春城昆明，也飘起了秋风秋雨。没有几天，李国柱同志被反动派杀害了。

聂守信带着沉重的心情，一个人在翠湖的湖畔走了好长的一段路，飘忽的雨丝吹在他发烫的脸上，分不出是雨水还是泪水。在大雾一般的细雨中，似乎依稀听见李国柱老师的小提琴演奏革命歌曲奔放的琴韵。他想起这些时候一个年长的共产党员说的每一句话，两只手用力地渐渐握成了拳头——是永恒的怀念，是无尽的追思；是烈火般的愤怒，也是无声的誓言。

一九五九年四月至七月

《织锦集》后记

　　这本小小的散文集，就其写作时间而言，先后共约占了六年。以这样久长的岁月，只写了如此寥寥可数微不足道的几篇，我只有感到惶悚和惭恧。虽然，收集在这里的文字并不包括我这几年的全部作品，有一些尚未发表的较长的篇章不在其内，还有几篇虽经发表并未选入，但是已经发表过的文章大部分都收在本书中。除了极少数的几篇过去曾经辑集仍予留存以外，其余都是近两三年来所写没有编成集子的新作。现在把它们放在一起合成一集，按照体裁和内容较近似的分成三辑，算是我在这个时期从事文学活动的一个标志。

　　这些疏疏落落的文字，有不少篇幅都是在我长期和慢性疾病作斗争的病榻旁边写成的，字里行间无疑会留下病房生活苍白的投影。我也走过一些地方，不一定看到就写，有时甚至隔了很久很久才动笔，这本书前两辑的十几篇散文中可以找到我在旅途中的某些踪迹。关于以聂耳童年时代为题材的那几篇故事只是一个尝试，一个大胆的尝试。几年来我断断续续地试写聂耳的文学传记，大概写了不下十万字，其中开头一小部分曾发表在《中国青年》上，现在作为一组散文加以辑存，这也不过是几个片段而已。有一天我也许终于能写成一本聂耳的书。经过长时期的探索，或者能求得我所希冀的一种表现形式，用以塑造出一个青春常在的时代歌手的雕像——那是我想望了多年而至今犹未完成的一件工作。

想给这个小册子取一个书名，一再苦思而终不可得。忽然想起在海边渔港里满街编结渔网的人们。一张一张全新的渔网覆盖在阳光下，光影斑斓，美丽有如织锦，它使人联想到大海汹涌澎湃的波涛，胜利的船队远航归来，带来了银光闪耀的海底宝藏。渔网预告收获，孕育着希望，听得见大海呼啸的声音。可是制成一张细眼密缕的渔网，却是一种须有极大耐心才能完工的劳作。正如纺织和刺绣。一幅光艳鲜亮的织锦后面，总有千丝万缕交织的锦线，看不见的还有匠人辛勤的双手。

　　其实，解放后色彩纷呈的中国大地就是一幅最新最美的织锦。每一个劳动者岂不是都从不同的角度，通过自己的双手，给社会主义建设的大织锦增加一丝一络么？但愿我也能在锦绣山河的边缘添上自己的一条织线。一时想不出更合适的书名，就题作《织锦集》。

　　我们生活的这个时代太伟大了。生活给我们的太多太多，而我们则付出的太少。为了尽情地讴歌我们祖国气象万千的社会主义建设和无限辉煌的共产主义的未来，在文学园地上的每一个园丁必须倾毕生之力以赴，哪怕耕耘的结果只是一草一木，我也将为此终生劳作不息。

一九六〇年十月二十一日

临江楼记

　　闽西上杭县浮桥门东边的临江楼，是一座革命的小楼。伟大领袖和导师毛泽东同志一生住过的旧居何止千百处，这不过是其中的一处，而且时间只有二十天左右。但是，对每一个衷心景仰的来访者，临江楼却是不同寻常的革命楼。它令人神思飞越，引起了多少人的深切思念！许多人都这样猜测：毛主席在一九二九年十月间写下的《采桑子·重阳》，很可能是在这江天万里秋风劲吹的临江楼头构思成篇的。

　　临江楼原是一家名为"广福隆"纸栈的旧址，先后设过酒店。厚实的木门内，一个小小的庭院，迎面一座三层楼的珠灰色楼房。楼的底层和三层走廊前，上下各有石砌藻饰的三个拱形廊檐，远远望去，宛如六个巨大的永不凋落的花环嵌在屋前。楼外近处，一棵威严的百年老榕树，顶着擎天的华盖，昂然挺立，隔墙对望。大榕树盘根错节伸出来的根茎，比一般的小树还粗壮。青枝绿叶，俯临江水，这条江就是毛主席著名诗句"红旗跃过汀江，直下龙岩上杭"中提到的汀江。如同一条历史的长河奔腾向前，不由使人回溯到将近半个世纪前的汀江两岸，老红军们，赤卫队员们，少先队员们和儿童团员们，用梭镖和红缨枪书写的可歌可泣的故事。

　　一九二七年的大革命在血雨腥风中被断送了。是毛主席挽救了革命，在井冈山披荆斩棘创建了我国第一个农村革命根据地。一九二九年，毛主席又率领红四军相继开辟了赣南、闽西革命根据地，纵横千百里，播下了一片又一片革命的火种：发动土地革命，展开武装斗争，建立红色政权，"星星之火"燃遍了汀江两岸！然而时隔不久，红四军受到了党内各种错误思想的干扰和破坏，离开了毛主席正确路线的领导，给中国革命和红军造成了重大损失。

那是第二次国内革命战争时期。毛主席为了同红四军内非无产阶级思想作斗争，坚持深入群众，作调查研究，仅到上杭一地就不下十次。一九二九年十月上旬，毛主席又一次来到这里，就住在临江楼二楼一间明朗的前厢房内。戎马倥偬的战争年代，毛主席得了病，由几个赤卫队员护送，进入解放了的小山城。其时，临江楼外暮色渐浓，秋意很深了。毛主席与同来的赤卫队员们一个个握手，感谢他们一路上的细心照顾，热情挽留大家在城里留宿一宵。老乡们却婉言辞谢，怎么留不住，一问，才知道他们要连夜赶着上路，回家去过重阳节！

据老红军回忆，那时临江楼的楼上楼下，确实种了很多菊花，连小小庭院里都种满了黄菊。霜晨，站在三层楼上，四顾江天空阔，汀江岸边盛开的菊花，经了一夜寒霜，一簇簇，一丛丛，一片片，深深浅浅的黄色，黄灿灿如同遍地耀眼的碎金。就在前不久，红四军和地方武装力量解放上杭县城，战场上硝烟未尽，万里霜天下，战地黄花显得更为娇艳夺目了。在老红军炽热的记忆中，在他们心往神驰指指点点的手势里，将近五十年前的一页革命历史的图景历历如在目前。

一九七六年十月上旬，在经历了那些心碎的追思和悲怆的哀悼日子以后，我第一次来到毛主席早年居住过的临江楼头。讲解员低声说，贴着前边走廊，楼上的这间向阳卧室里，外面那间设有天窗的明净楼厅里，毛主席带病操劳，时常工作到深夜。到临江楼来的人也是日夜不断。向毛主席汇报过工作的一个老红军记得，那天他下了楼梯，回首仰望，毛主席身穿朴素的灰布长衫，脚穿黑布鞋，面容清癯，亲切地安详地笑着。他高高的身材，站在楼台上挥手的姿势，永久闪现在老红军心里，正如毛主席每一句令人鼓舞的亲切教导，永久地铭刻在人们的心灵深处一样。

第二次重登临江楼，只不过隔了几天。这一天，门前挂着"上杭县革命纪念馆"的临江楼是一个学习日。可是今天却又不同于平常的学习日，人人脸上都浮现着难以抑制的喜悦。留下过毛主席足迹的临江楼啊，我又来了！登上楼屋最高处，在空旷的平台上临风而立，红军时代遗留的山城旧址，屋瓦接堞，尽收眼底。

一阵秋风把我从往昔的斗争岁月中拉回来。仅仅几天以前，我第一次来到这个纪念楼时，心头还凝结着重重愁云。然而这一回，层层乌云过去了，晴朗的秋空更高更明净了。党中央一举粉碎了"四人帮"篡党夺权的罪恶阴谋，亿万群众用最强烈的声音，最激越的语言，千百遍欢呼人民自己的胜利，欢呼光明的中国的胜利！在这胜利的十月里，我在临江楼上极目远眺，只见与当年毛主席率领的红军血肉相连的汀江秋水，浩渺旷远，流向天际，更觉心潮澎湃，思绪万千。光艳的秋阳下，阵阵秋风吹着我灼热的脸，连同我的燃烧的心。"人生易老天难老，岁岁重阳。今又重阳，战地黄花分外香。"这时，只有在这时，我似乎对这博大精深的词句稍稍懂得多了一些。人生有尽，宇宙无穷，红心永在！中国是大有希望的，人类是充满希望的。迎接灿烂辉煌的明天吧，胜利一定属于战斗的无产者！

离开上杭县前，第三次到临江楼，恰是一九七六年的重阳节。连日以来，北京的捷报频传，整个山城都沸腾了，欢庆的游行队伍川流不息，男女老少倾城而出。从爆竹的脆响中，从礼花的纷飞中，从锣鼓的节奏中，从起伏似海涛的口号声中，从纵情欢笑而又热泪盈眶的人群中，从举国上下的一片欢腾中，宣告了中国革命进入一个新的历史时期！

"一年一度秋风劲，不似春光。胜似春光，寥廓江天万里霜。"经受了锻炼的中国人民，摧枯拉朽，要扫尽一切妖魔鬼怪。随之而来的将是一个社会主义的灿烂春天。人人只感到春意盎然，有如置身于姹紫嫣红的百花园里。而对祸国殃民的"四人帮"，历史无情，人民对他们将予以最严厉的审判！

我从临江楼走向深深扎根在汀江水边的老榕树下，凝视着绿荫低垂的水面。这棵生机旺盛的大树，数十年来守望着临江楼，在这个金黄色的秋天，更显得容光焕发，青春常在。秋风吹过，满树繁枝密叶飒飒作响，似乎连这棵大树顿时也感到振奋起来，一遍又一遍随风传播那高亢激越的诗篇……

一九七六年十二月

我与散文

一

　　我写的东西不多。出过几本集子，都是小小的短短的散文，数量也很少，实在是微不足道。但从某种意义上来说，也算是生活和时代的记录吧，即使记录的仅仅是一个侧面，留下的仅仅是一朵浪花。从时间上讲，要回溯到四十年前。一九三七年我还是十五岁的初中学生，小学毕业不久，有感于旧社会学生毕业即失业，写了一篇五千字的散文。这是我开始学习写作的第一篇作品，发表在当时开明书店出版的《中学生》杂志文艺专栏上。那篇习作的题目叫作《路》。想起来倒还有点意思，不管是多么漫长曲折，荆棘丛生，障碍重重，我就是从这样一条艰难的道路走过来的。是文学道路，也是生活道路，四十多个春秋过去了。

　　人的一生，总有几个重大的转折点，这个转折点又总是跟国家和时代紧密相连。拿我自己来讲，文学创作大致有三个转折点。

　　第一个时期是在抗战初期。我在上海读高中时，日军占领了上海，上海沦为"孤岛"。风起云涌的抗日救亡运动的爱国主义浪潮自然也把我卷了进去。在上海地下党组织的领导和推动下，上海各界救亡协会组织了上海各界民众慰劳团，秘密前往皖南新四军军部进行慰劳。这个代表团由上海工人界、职业界、文化界、妇女界四个救亡协会和海关华员组织、浦东郊区农民代表七人组成。同行的还有进步美国新闻记者杰克·贝尔登。毛主席在一次谈话中提到过此人。负责沿途照料的是我童年时熟悉的一个朋友，一个年长的共产党员，经过安排让我有机会参加了这次慰问团。一九三八年十一月十七日，我们从上海出发，穿过敌人的封锁线，到了皖南的革命根据地，在那里度过了令人振奋的一九三九年元旦。次年春天，我回到上海，配合党对外的宣传任务，把这次难忘的见闻，写成了散文、通讯和报告文学，用文艺形式反映了新四军的斗争生活。这些文章，约六七万字，编成一个集子，书名《青弋江》。这是我的第一本书。这个阶段，也是我在文学道路上最初的探索时期。

第二个时期，一跳就跳到一九五六年前后。虽然在整个四十年代和五十年代初期，作为记者和自由投稿者，我也写过新闻特写，采访报道，读书随笔，专栏文章，诗和小说，乃至话剧和电影剧本等等，但所有这些，只能算是日后创作的一种准备，大部分作品和时代及社会的联系不够紧密，生命力不强，显得苍白。可是在文学语言上倒是下过一点功夫的，有几年我天天不得不跟文字打交道，每天写下几千字，过的是道道地地的"亭子间生活"。

解放后，在上海长期从事电影工作。五十年代初期，我国社会主义建设蓬勃发展，在"百花齐放、百家争鸣"的方针鼓舞下，我又开始从事文艺创作。从《第二次考试》《两姊妹》等散文开始，到一九六六年先后出了两本散文集和一本报告文学单行本，还有两本少年儿童读物，一本幼儿读物。

第三个时期是在粉碎"四人帮"以后。在林彪、"四人帮"的法西斯文化专制主义霸占文坛时期，十多年时间只能沉默。沉默是一种无声的抗议。这十多年来的中国是惊心动魄的。就我个人来说，光是被迫搬家，赶来赶去，住过的破房子不知有多少处，最大的一次是被赶到农村去"安家落户"。过去数十年我住在上海，第一次把家搬到闽北山区农村时，对比是强烈的。住在偏僻的小山村里，天天和劳动繁重而生活贫困的农民住在一起，发现村子里不少上了年纪的农民都是驼背，是各种各样苦难的重担把农民的脊梁都压弯了。我们的人民多么善良，而过的又是什么生活！农村生活让我思考了许多社会问题。虽然我没有动笔，也不允许我动笔，但却不能禁锢我的思想。我想了许多。即使在最黑暗的年月我也没有绝望过。我坚定地相信，"四人帮"倒行逆施是决不可能长久的。

"四人帮"倒台后，举国欢腾，欣喜若狂。恰好那时候我又在红军创建时代的革命老根据地上杭县，于是我又拿起了笔。从去年一月到现在，近两年时间，连续写了十几篇不同手法的散文，这在我过去也是比较少见的。这第三个时期来之不易。《临江楼记》是我十几年来压在心头火焰的一次喷发。这篇散文写于"四人帮"灭亡后不久，发表于《人民日报》一九七七年一月底，是横扫四害后一篇较早与读者见面的散文。

二

这次要我谈一谈《第二次考试》和《临江楼记》的创作经过，主要是供教学上的参考。

我想，创作前大抵都有个准备。"长期积累，偶然得之"，这是周总理对文学创作说过的一句话，有很大概括性，耐人寻思。不久前我在福建省文联扩大会议上谈过我的一点看法，长期积累至少包括两方面，一个方面是文学创作要有长期的生活积累，要有很多很多鲜明形象的积累。这是主要的。另一方面，必须具备艺术才能和艺术技巧，这艺术技巧也要靠长期下功夫，孜孜不倦，才能积累起来。这两方面的积累是不可分割的，相辅相成的。于是，由于生活中某一个人物，某一个事件，某一个场景，一个细节或某一个物件的触发，像出现一道闪光，忽然把过去的全部生活积累和艺术积累都照亮了，都调动起来了，都变活了。经过高度集中的脑力劳动，产生了某一篇作品。这种精神产品多半是指短篇作品而言。说是"偶然得之"实际上是水到渠成。有时一个短篇的产生，往往可以追溯到数年乃至数十年的积累。

无论如何，每个作家都有自己的创作准备阶段。在文艺领域里，可以找到互相贯通的规律性的东西，大有必要从其他艺术样式中汲取养料，例如音乐、绘画、雕塑、摄影、舞蹈、建筑和电影等等。苏州的园林艺术引人入胜。日本的《新建筑》是令人赏心悦目的一本刊物，可惜后来看不到了。罗丹的雕塑决不是仅仅给人美的享受，它让人思考。贝多芬的交响乐是对真理的探求，对暴力的反抗，对人类的热爱，对胜利的欢呼。人类的文明多么灿烂！我是个音乐爱好者，尤其是对外国的交响乐。在农村生活时，劳动或开会之余，走在崎岖的山径上，贝多芬的《命运交响曲》熟悉的旋律，常常在我记忆中反复回响。没有丰富的内心世界，也就谈不上文学艺术的创作！

《第二次考试》写于一九五六年秋天，发表在同年十二月二十六日《人民日报》副刊上，那时我在上海电影厂工作。这篇散文引起读者注意，被译成外文、选入语文课本、编入多种选本，以后又改编为电影和广播剧，而且还引起一番争论，几乎被当作一面"白旗"。说实话，这是我事先完全没有想到的。

三十年代、四十年代和五十年代，我在上海读书、生活和工作，对这个解放前被称为"十里洋场"的上海留下过我许多脚印。我熟悉这个全国第一个大城市。一九五六年上海合唱团招考团员，我家庭中的一个成员去应试，终于被录取了。我了解全部考试的场面和经过情况。过了几个月以后，听说有一个女学员因为在杨树浦抢救火灾倒了嗓子，影响了考试成绩，最后还是被录取了。这件事在我心里动了一下。我那时经常住在医院里，认识一个医学院的实习医生，朝夕相处，发现这个年轻的女医生身材修长，亭亭玉立，喜欢穿嫩绿色毛衣和咖啡色裤子，全身弥漫着青春的气息，像春天早上沐浴在阳光里的一棵青葱小树。这就是我从生活中撷取的素材。我花了大约两个昼夜，写了一篇三千字的散文。写完就往抽屉里一搁，让脑子冷却一下，有空就拿来看看，总觉得不理想。

顺便说一下，我觉得一篇作品大抵要通过几个"关"，或者说是几次审查。首先是作者审查自己的作品。这一"关"，要把得紧一些，严一些，有时硬要跟自己过不去，自以为非，自己挑剔自己的毛病。第二个"关"是报刊编辑。这一"关"对我们这些作者一般还不难通过。最难通过的是第三"关"，即读者这一关。作品公诸于世，读者就是你的审查者，也就是今天所说作品要经过广大读者的检验。最无情的一"关"则是时间。作品有没有生命力，时间老人将给你最公正的判决。如巴金同志的《家》，直至七十年代后期还有它强大的生命力和强烈的现实意义，受到广大读者的热烈欢迎，说明它是经得起数十年时间考验的。

回过头来再谈我这篇小文章。稿子写成后，《人民日报》文艺部来信向我约稿，由于版面的关系，希望作品最好在两千字以内。这就是说我手头刚刚脱稿的一篇散文必须砍掉三分之一，这是一个"大手术"。为此必须重新构思，结构上重新调整，用最经济的手法勾出了两次考试场面。从题材来说，也可写成小说，可是我仍作为散文处理。因为有人物也有情节，篇幅又短，后来也有人在评论时称之为"小小说""短短篇"。为了不超过两千字，就得"惜墨如金"，从第一段第一句话开始就得抓住读者，于是采用了悬念手法。文章处理时又运用了电影镜头调度，包括对主要人物不同角度的描写。教授凝视那个学生的报名照时用的是一个特写镜头。如此等等。那不是修改，而是一次花了很大力气的重写。写完了，两千字还不到。

一直到现在，我还是很感谢《人民日报》文艺部的同志们，如果当时没有从三千字压缩成两千字，这篇散文发表后也许只是一篇平庸的作品。我举这个例子说明，文章有时候确实是改出来的。而对一个作者来说，每一篇作品都是一次严格的考试。文学创作是精神产品。从生活到创作是复杂的精神劳动，是一种创造性劳动。这篇不足两千字的散文，最近又由中央人民广播电台改编成"广播小说"，事先我不知道，听完广播才发现作品的背景改成粉碎"四人帮"以后，大概改编者认为这样才有现实意义吧。不少听众对这样改动提出了异议。改编是再创造，应该尊重。但既然是改编却又不征求一下原作者的意见，连招呼都不打一下，总不能说这就是对原作的尊重吧！

三

下面谈《临江楼记》，也捎带谈一下《春夜的沉思和回忆》。这两篇都是在"四人帮"覆灭以后写的。

回想一九七六年十月以前，文艺界昏天黑地，乌烟瘴气，我还算是幸运的。由于偶然的原因幸免于难——还能保留我数十年的藏书。一九七〇年我的一家被迫下放到农村，临行前"学习班"里一个军代表来"送行"，看到我那几箱书正在搬运，大摇其头，说是："带这么多书干什么？四本《毛选》就够了。"我哑然，只能苦笑。愚昧与无知使人无话可说。书是我的精神财富，有些书留存数十年，我是一定要全部带走的。山村交通不便，每一次到大队开会，就把寄存在大队部的书，用竹扁担挑回去，挑到三里外的一个小队，我"落户"的地方。不知挑了多少次啊！在农村两年的生活，生活在最基层的生产队，确实学会不少东西，那是我终生难忘的经历，然而也是寂寞的，看了不少书，也算是不断增加生活和艺术的积累吧！我还是孤独地继续走我的文学道路。

风云变幻的一九七六年，悲恸的一月，敬爱的周总理逝世了。清明节，发生了举世震惊的天安门事件。后来朱总司令和毛主席又相继与世长辞。动荡的九月，乌云翻滚，人民忧心忡忡，面临着生死存亡的严重时刻。中国往何处去？是光明的中国还是黑暗的中国？全国人民都在思考。九月下旬，我们到闽西去组织一批稿件，以纪念毛主席和老一辈无产阶级革命家在老根据地的革命实践。我在福建那么多年，全省跑了不少地方，唯独没有到过闽西。这是第一次，也是不平凡的一次旅行，后来一年内又去了次。奔向老区的路上，看了不少革命旧址，到了毛主席、周总理、朱委员长、叶帅和陈毅同志当年在闽西进行革命斗争的地方。上杭县，是我们行程的目的地。

在路上，听说上杭有一座临江楼，俯临汀江之水，不由心里动了一下。据几个老同志介绍，其中也有当年的老红军的回忆，传说毛主席的《采桑子·重阳》就是在这小楼上构思成篇的。也有人说在其他地方，几种说法，莫衷一是。根据人们提供的历史材料和老红军的叙述，诗篇写作的时间、环境和细节，都是真实可信的。当然，谁也找不到确凿的文字记载可资证明，我也只能加以推测。宁可信其有，不愿信其无。倘若《采桑子·重阳》不能跟这座临江的小楼联系起来，我是否还有写作的激情就很难说了。

从我们住处到临江楼，不过步行十几分钟。因为忙于看稿，直到第三天我才去瞻仰一下，觉得这座楼的本身就是很有特色的革命文物，马上引起不少联想。靠着小楼的一棵大榕树，枝叶纷垂，满树浓荫覆盖着汀江。这条江就像一条历史长河伸向天际。抚今追昔，感慨万千。心情是沉重的。一九七六年国庆节的报纸头版刊登了一张天安门城楼上的照片，总感到很不寻常，从报道的字里行间看"夹缝消息"，感到这里面大有文章。接着，相熟的作者中间在传说一些消息，这消息很快得到证实：报上发表了叶剑英同志等中央领导，以迅雷不及掩耳之势，一举粉碎了万恶的"四人帮"！随着兴奋和激动的浪潮，带来了万千思绪。在这个有革命历史意义的汀江之畔，又处于这样重要的历史转折的时刻，我觉得有一种极其庄严的历史感。

这就是《临江楼记》写作的时代背景。我在上杭的时间不长，登临三次临江楼，三次心情都不同。决定写这篇散文还是在粉碎"四人帮"以后，在人们如醉如痴的庆祝热潮中，我在临江楼的最高处，迎风伫立，思考革命者的人生哲学。中国人民被封建法西斯专制主义压迫得太重太久了！十年来是一个历史大悲剧。长夜漫漫，现在黎明在中国大地上终于出现了。

这篇散文引起读者注意，被广泛转载，编入多种散文选集，译成英文法文，并作为教学材料。我想这是由于写出了自己真实的思想和感情，也反映出我们这个时代普遍的思想和感情，因此得到读者的强烈共鸣。至于我在生活中选取的素材，比如说一座楼，一条江，一棵树，一片菊花，一次握手和一次挥手，赋予它们以内在的意义，以及全文的立意、结构和表现手法等等，我在福建师大已谈过一次；我们的语文老师比我谈得更多更详细，发表了十多篇分析文章。据说单单为了文章中应该分几个自然段就争执不下，其他引起争议的自然还有。我除了衷心表示感谢以外，不想再说什么了。然而有一点不妨顺便说一下，文章发表后发现有几处关于路线的提法，其实在我原稿中是没有的。我的着眼点并不是写路线斗争。这也许是编辑同志的好意，刚刚粉碎"四人帮"不久，有意在文中强调一下路线斗争，似乎这样更有现实意义。但读者对此有意见。不用说，应该"文责自负"。不过也必须说明，文章里提到关于路线斗争那几句话是编辑加上去的。有几个选集和几篇评论把此文归入游记，可我不是去游览的，称之为抒情散文是否更贴切一点呢？

总之，写革命历史题材如何与现实斗争结合得更好，这对我来说也是一个新的课题，仍然需要学习和探索。《临江楼记》是我的尝试之作，也是我十多年来的第一篇散文，个别文字上也有可以推敲之处，只好待以后继续努力了。

在座的同志们要我谈谈《春夜的沉思和回忆》的写作过程。这篇散文写于《向无名英雄问好》之后，那一篇也是歌颂周总理的，通过一个日常生活中细小的侧面，从一个角度，写总理伟大的人格，写总理和人民的心连在一起。落墨不多，不到两千字，不少读者来信表示喜欢。可是我觉得言犹未尽，总理伟大的一生和光辉的品质是多少书也写不完的啊！凡是我能看到的怀念周总理的文章，国内和国外的，我都设法找来细细看过了。一边看，一边流泪，受到极大的精神鼓舞。一九七七年秋天，我在上海柯灵同志家里第一次看到一张总理的彩色照片，一下子就被深深吸引住了。柯灵同志说，这是夏衍同志从北京带来送给他的。这就是有名的《最后的时刻》，是总理生前拍的神态最好的照片之一。

我从上海回福州时，感谢《文汇报》徐开垒同志把这张同样的照片给了我，我配了一个特制的镜框挂在小客厅里，日日夜夜同我在一起。春节到来了，屋子里摆满了盛开的水仙花。黄昏来临，我独自坐在屋内听电台播送贝多芬的第五交响乐即《命运交响曲》。没有开灯，一个人坐在渐渐融入的夜色中，久久沉思。总理处理国家大事日理万机，可是对文学艺术却又那么精通，那么熟悉，那么关心。他曾给一个外国交响乐队的节目单上安排了贝多芬的命运交响曲，后来被"四人帮"砍掉了。春节时，临近薄暮，我一个老同学的女儿来看我，忽然她若有所思地讲起了"文化大革命"初期总理两次在人民大会堂接见她和她的伙伴的事。她目送总理一个人在大会堂幽深的长廊中渐渐远去。那时候流行纪念章，那十五岁的女孩看到总理胸前那枚"为人民服务"的纪念章，她真想开口要那枚纪念章呀，可是她不敢。不过作为精神的象征，那枚纪念章还是要来了。这是我在文章里给她加上的。至于总理在长汀住过的小楼屋，是另外一个女孩亲口对我说的，那时我刚刚离开长汀不久，也到过总理早年住过的长汀旧居。把以上这些分散的素材加以概括集中，经过反复构思，我用了不到四天的时间写了出来，有几次我是含着眼泪落笔的。题目换了好几个，最后用了《春夜的沉思和回忆》。

一九七八年十二月在苏州江苏师院的一次讲话

大地的脉息

88

遥远的上海街头之声

我们生活着的世界充满了声音。譬如以城市来说，一个城市里纵横交错的大街小巷，不管有多少喧闹繁杂的声音，总有它自己的音响和韵律。

这也许就是所谓市声。从城市的繁多声音里，不但足以显示出它的市容，它的社会缩影，它的浮世绘和众生相，而且还能呈现它在历史上的一个侧面。

是的，每个城市都有独特的声音。而在不同的时代和不同的社会，城市的声音又各不相同。

在某一个城市里长期生活过的人，即使过了许多年以后，历经沧桑和变迁，也不论后来住到什么地方，若是一想起早年留下过自己许多脚印的那个城市，往往会响起一些熟悉的声音。随之而来的是一连串同样熟悉的生活图景。隔着漫长的岁月，通过声音闪现出来的人物图像反而更清晰了，也更亲切了。当然也难免带来一阵惆怅和迷惘之感。

我想起旧时代上海街头的声音。

童年时住在沪东，邻近杨树浦一带有几家"东洋人"和"西洋人"开设的纱厂。严寒的冬天黎明前，当整个城市都还在睡乡里，人们每每从温热的梦中突然惊醒：附近哪个纱厂里第一次汽笛声拉响了！它仿佛从地平线上慢慢响起来，然后变得异常凄厉，像锐利的刀锋划破蓝钢般的沉沉夜色。

这就是纱厂里的上工汽笛声，当时上海人都称之为"拉回声"。随后不久，不同的工厂接连拉响各自的"回声"，越来越急遽，又拖得很长，仿佛一道道声音的利剑不断刻画着冰冻的长夜。夜未央，夜空中东一道西一道布满"回声"的杂乱痕迹。

其实，第一次"回声"还没有拉响，在睡眼惺忪的昏黄路灯下，早有三三两两的人影，踏上霜冻的长街。这些纱厂女工们，提着饭盒，迎着刀割一般猛烈的西北风，瑟缩地移动着单薄的身影。她们一个个像幽灵，像无告的冤魂，挣扎着一步一步向工厂走去。不一会，从四面八方响起来的"回声"更加锐利，此起彼落，步步紧逼。长长短短的"回声"充满了威胁和恐吓。于是在朦胧的街头，匆匆赶路的女工们越来越多，仿佛一大群奴隶们默默地走向一条艰难的求生之路。

我想，呻吟在旧时代最底层的纱厂女工们，她们从童工开始，就在这"回声"中走向吃人的社会，终于又在"回声"中慢慢被旧社会吃掉。她们中间多数人在"回声"中结束了悲惨的短促一生。

那"回声"的痕迹深深刻在我童年的日子里，过了数十年后，耳边还是嗡嗡作响。

后来我的家从没有太阳的沪东街区搬到闹市中心。大街通衢上，市尘喧嚣，较工厂区自然繁荣多了。说也奇怪，在灯红酒绿的三十年代上海都市交响曲中，我记得最真切的却是其中最暗淡的调子。

长长的市街，夹峙在两旁层层矗立的高楼中间，宛如城市的峡谷。岁之暮，不少绸布店洋货店或百货商店，纷纷挂起"大拍卖"和"大减价"之类的横条直幅。临街的店铺楼上，两三个临时雇来的吹鼓手没精打采地敲着洋鼓，吹着洋号，以广招徕。这种街头音乐，构成都市风光的一面，繁华市容中的一幅凋敝年景，给人一种异样的萧条之感。

最难忘的是旧时代上海街头的叫卖声。

五花八门的叫卖声，长年川流不息，每一种调门代表一种小贩的行业。记得孩提时，弄堂里最熟悉的是爆米花的，用小锣小鼓召唤人们观看"西洋景"的，还有用手风琴伴奏卖梨膏糖的，都是有拉有唱，有声有色。买"烂东西"的喊声元气充沛，粗犷有力，似乎不是来收购破烂旧货，倒像是布施什么恩惠似的。女性叫卖声中以浦东妇女"卖长锭"的和苏北妇女"拔牙虫"的最具有乡土色彩，这主要是指浓重的地方口音而言。但前者只是给迷信鬼神的人提供锡箔灰的来源，而后者阴沉如巫婆，听起来使人有几分疑惧，往往被大人用来哄骗孩子，不用说这两种歪门邪道的行当本身都是骗人的。

街头巷尾有多少种小贩，便有多少种有腔有调的叫卖声。然而都是生的叫喊，为生活而奔走，为生存而叫喊！

每天一大清早，最先出现的叫卖声，多半是卖报的孩子。半夜里，他们就群集在四马路望平街，等候当天出版的各种日报。然后带着一大叠报纸，纸上都还留着新鲜的油墨气味，就争先恐后在破晓的街道上飞奔而过，一个个都像是黎明的报信者，把最早到手的消息送往读者手里。听听他们顺口溜似的一连串高声叫喊："阿要看老申报、新闻报、时报、时事新报……"歪戴着一顶肥大破旧的鸭舌帽，更显得卖报孩子的身个矮小。由于经年累月的放声叫喊，嗓子变得又粗又哑，小小年纪看上去却已很老成了。

同卖报孩子相似的是盛夏日午卖棒冰的孩子。头上烈日当空，脚下是软化发烫的柏油路，一个孩子背着木箱，叫喊着沿街奔跑，给人们在热浪中带来消暑的冷饮。

世界上不少大城市的街头都有卖花女。旧时代的上海街头也有卖花女。在高楼的阴影下，或是在小巷深处，站着一个衣衫素净的苏州姑娘。两条细细的长辫垂在瘦削的肩头。水灵灵的眼睛，菜色的脸。卖花女的臂弯里，挽着一竹篮带露水的鲜花，楚楚可怜地向过往行人兜售。卖花啊，多好的鲜花啊！

她柔声叫着："卖白兰花，栀子花，茉莉花——"

那吴侬软语的卖花声里，有多少祈求，多少哀怨。没有人买花，花儿枯萎了，卖花女也憔悴了。一首凄清的小诗，写在落寞的路边街角。

若是在深秋夕暮，华灯初上，水果店门前，成串明灯缀连的"良乡栗子"四个大字分外耀眼。一年一度的糖炒栗子又上市了。大铁锅里，长柄的铁铲不断翻炒，炒熟的栗子在热铁沙中爆响，哔啪有声。行人路过时，感到一阵热气，一阵温暖，一阵诱惑。顺手买一包放在大衣口袋里，冰冷的手指摸着滚烫的栗子，趁热剥开来吃，回味无穷。任何时候，一想到糖炒栗子的热烈声音，眼前立刻浮现出一幅弥漫着苍茫暮色的上海街头冬日小景。

到了寒冬腊月，长夜漫漫，窗外寂静的弄堂里，便是卖宵夜的声音了。墙角馄饨担上，摇晃着一盏小油灯，偶或传来竹梆声，声音清远。叫卖"桂花赤豆汤、白糖莲心粥、火腿粽子"的，穿行于大街小巷，往往只闻其声，不见其人。在寒风中那些传统的上海夜点心的名字，听起来模模糊糊的。终于一切都归于寂然。

夜深了。更阑人静时，只有深夜的灯下工作者和布衾如铁的失眠者，才能听到远远飘来卖檀香橄榄的声音。这也许是隆冬之夜的最后的叫卖声，又像是这一整天所有叫卖声的尾声。在北风怒号的冬夜，那声音分外苍凉，隐约可闻，若有若无。直到人已远去，那游丝般的余音不绝如缕，依然萦回耳际，很久都不会消逝。这时候弄堂里的冬夜似乎更深沉了，更寒冷了，也更荒寂了。

遥远的，遥远的上海街头叫卖声，今天早已不复存在了。有时在记忆深处发出一点余声，听起来也恍如隔世。这都是旧时代的声音，是过去的市声。

一九七九年九月

《临窗集》序

一

从北京参加第四次全国文代会回来已经多天了。首都冬日，有很好的太阳。人民大会堂依然如昔，所有的落地长窗都闪着金色的光。多少年才有这样一次盛会，会后在行囊里装满了色彩纷呈的记忆。

现在我又回到自己的四层楼住屋里，坐在窗前的书桌旁。案头这篇散文集的自序，临走前就已动笔，但是数易其稿，至今没有终篇。我想给自己这本集子的卷首写些话，一则是向过去的漫长历程作一次告别，再则是向所有相识或不相识的读者作一次告白。

我踌躇了很久，迟迟没有落笔。

我想起了水一样流逝的青春年华。

三十多年前，抗战结束不久，上海联合晚报副刊《夕拾》约我撰写读书漫笔之类的专栏文章，名之曰《书海撷拾》。专栏的开场白《谈书》中有这样一段话：

> 每一本书都是一个世界。都有一扇向读者敞开的门扉，有一扇足以窥探作者心灵的窗户。等待着一声啄剥，等待你悄悄进去。你进去了，这书中的世界是美是丑，自然会全部呈现在你面前。作者在自己的书中

是无所隐遁的。

那时是门外谈书，谈的是中外古今别人的书。书海浮沉，甘苦自知。一卷在手，偶或有所感或有所得，便信笔写来，写完了有如过眼云烟，了无痕迹，也别无牵挂。没有什么思想上的羁绊，以是行文之间也还不失几分自在，几分洒脱。

然而，待到我要为自己的书写一篇序跋之类的文章，却又每每感到思想呆滞，文字枯涩，大有无从下笔之苦。过去我把一本案头待读的书，喻作一个等待发现的世界，有心的读者尽可随意把窗户打开，登堂入室，去寻求，去探索，去涉猎。最终也可能一无所获，废然兴叹。这都决定于读者从开卷到掩卷之间的亲身感受，又何需作者自任向导，非要来一番导语不可呢？此其一。

其二，这又是个人的偏颇之见：在人类历史中，皇皇巨著浩如烟海，一本小书，不过如一滴水之归于大海，充其量也只能激起一朵转瞬即逝的浪花，一圈渐渐扩大又终于消失的感情涟漪罢了。独白太多，说不定反而招致物议，倒不如多留下一些空页，让读者有更多想象和思索的余地。

其三，也还是我的积习：最怕在大庭广众之间侈谈自己。滔滔雄辩的演说家诚然令人钦佩，夸夸其谈的说客则又令人不齿，我宁可学习默默坐在屋角里沉思的人。三五知己相逢时，莫逆于心，可以无话不谈，而在众目睽睽下，不若保持缄默更为有益。一篇序跋文字，面对不相识的读者谈论自己，就像站在街头的人群中发表什么宣言似的，总感到有点不自在，也缺少那一点能耐。所以，过去我在自己的集子中，难得写一二篇后记，即或勉力为之，也显得又短又拘谨，绝口不谈伴随着我的笔耕生涯闯过来的生活道路。

这就是为什么，我这本书的序言写了多次而未成篇的主要原因。可是当我翻开一本心仪已久的书，首先寻找作者在正文以外说些什么，喜欢倾听作者谈他的写作过程和背景材料。往往一段毫不矫饰的语言，隐现着思想的吉光片羽，给读者提供了一把开启心灵的金钥匙。有时，某段质朴的文字仿佛一条感情的溪流，通过字里行间悄悄潜入读者的内心深处。

序或跋，其实也是最亲切的一种散文体裁。

我愿意努力，在读者面前，也能打开我心灵的门窗，像面对严师诤友，像面对我所爱和爱我的人，作一次倾心的笔谈。

二

去北京开会前，在庆祝人民共和国成立三十周年的纪念日子里，我的玻璃窗上反映出节日夜欢乐的灯海。窗下密集的参差屋顶闪烁着光的波涛。整个城市仿佛是透明的。满城灯光似乎都照入我的窗内，照亮我案头稿笺上一个刚刚定下来的书名：

《临窗集》。

《临窗集》代替了我原先考虑的另一个书名《寒窗集》。"十年寒窗"，古有名训，也说不出所以然，总觉得未免寒酸与辛酸。仅仅十年的治学时间，实在也不值一提。而且，今天的十年时间，较之古人的十年光阴，似乎短得多。如何衡量时间在生命中的价值？失去的时间是永远不可能追回来的，也是无法弥补的。

这几年来我常常寻思：窗子与生活的关系。

窗子对房屋的重要性，犹如眼睛之对于人。昔日，一位渊博的学者引用"眼睛是灵魂的窗户"这个著名的譬喻，说过一句箴言式的话："窗可以算房屋的眼睛。"我以为，这是随手写在人生大书上的智慧语言之一，给窗子与生活之间的联系，作了一个意味深长的注脚。

有了窗子，住在屋内的人才能看到窗外的晨昏交替，四季变化，风雨晦明；是霜晨雪夜，还是春秋佳日。墙上的一扇窗，不仅带来风和阳光和新鲜的空气，而且还把窗外的世界引进屋子里，使人们视野开阔，耳聪目明。

反之，屋顶下的四垛墙壁内，倘若连一扇窗子都没有，岂不是像盲者幽囚在永远的黑暗之中。没有光和没有色彩的生活，是何等可怕的生活！

我们因此可以领悟，窗子在现实生活中占有一种特殊的地位，尽管其道理至为浅显，却又万万不能忽视。

三

近年来，市上以某某之窗作为期刊或专栏文字的命题多起来了。大至世界之窗，历史之窗，时代之窗，小至书报之窗，影剧之窗，服装之窗，或者如文字之窗，艺术之窗，新闻之窗，旅游之窗等等，不由得招引熙熙攘攘的人群争相观看，而且这才知道世界原来是很大的！

这一扇扇大小不一的窗子，都是通向今日世界以及未来的世界。每一扇开着的窗口，都吹来一阵阵强烈的风。人们尽情呼吸着新鲜空气，在昏眩中复苏，在震颤中清醒，在惊讶中奋起。倘若早那么几年，即使最大胆的人，最富有幻想的人，也是一个遥远的梦。

当然，并不是所有可以打开的窗都已经打开了。有的窗子虽然已打开，也只能隐约窥见窗外的一角景色，能见度依然有限。可是在许多年垒砌起来的厚墙上，接连出现了许多窗户，毕竟是今天生活中可贵的现实，没有理由不加以珍惜。

也有这样情形，长期幽闭在没有窗，或窗虽设而紧闭的沉闷屋子里，一旦窗户敞开，窗外直射进来的阳光是如此灿烂夺目，光线太强，骤然间使人睁不开眼睛。

那不是太阳的过失。除非是生来的盲者，永远只能生活在黑暗之中。这不奇怪，光明的世界本来就不属于这一类人。可悲的是另一种人戴惯了有色眼镜，仿佛在一本正经的面孔上，戴着一副面具，叫人分不出是在闭目养神，还是在打什么主意。而对绝大多数的人来说，当眼睛习惯于阳光下生活的时候，更加悟到，若要打通人和大自然以至整个世界的隔膜，窗户乃是必不可少的。

窗外有多少新鲜事物吸引你，招唤你，推动你。下一步就是赶紧开门出去。因为春天虽然来到窗口，大好春光还在窗户的外面。

四

人的一生大约有不少时光是在窗下度过的。

我回顾那些跟自己的文学生活有缘的窗子。那旧时代的窗子，各个嵌在不同住房的墙壁上，有若一幅幅色彩斑驳的图画。画面上依稀留着褪了色的生活痕迹，在回忆中显得恍惚迷离。

最早是长江轮上的小小舷窗。

一九三四年秋末冬初，我伴随我的祖母从上海启程到武汉去。那是我少年时代一次难忘的航行。

江轮上肮脏不堪又十分拥挤。因为连年的兵燹和水灾，灾民们离乡背井，成群结队到外地逃荒。这艘招商局的客轮竟像是一艘难民船。整条轮船，上下数层的甲板上和甬道上，到处挤满了衣衫褴褛哀哀无告的无票旅客们。

我们被围困在一间形似箱子的三等舱房里。舱房外的铁栏杆旁，狭长的走道上，全都是席地而坐的难民。舱房的门口是很难打开的。从上海黄浦江出吴淞口到汉口的江海关码头，在三夜四天的缓慢航程中，我几乎一直躺在双层铺位的上层。

上铺的头顶处，刚好有一扇白色的舷窗。窗外是单调的长江秋景。江上暮秋，寒意渐浓。在圆形窗户投入的一小块亮光中，我完全忘却了这令人心焦的航行，沉迷在无边广阔的文学世界里。行囊里带着几本"五四"以来的文学名著，其中一本就是传诵很广的冰心《寄小读者》。

每次看完书中几封美丽的信，我就从上铺悄悄下来，默默无言地依偎着一起远行的祖母。没有人知道，封建家庭在我苍白的童年日子里，投下了一道抹不掉的浓重阴影。我出生那年，祖母五十岁。从我幼年开始，我就跟随着祖母，许多年都在她身边。在感情上我终生依附着我的祖母。我只有在她身边才得到真正的母爱。而且懂得母爱包含着崇高的自我牺牲和对他人的爱。直到我成年后，她始终在精神上守护着我和我的一家。她永远是我生命中善良慈祥的守护神。

也许就因为我和祖母这种相依为命的感情，我在长江的旅途中含着泪读完了《寄小读者》——那是海外游子献给祖国母亲的一组至情的诗篇。温馨凄婉，真切感人。不久前我在第四次文代会上，有幸与冰心同志握手晤谈。她自然不可能知道，我心里对她有多么感激，感激她的信给当年长江轮上一个小读者也带来爱的温暖。

轮船在九江码头停泊卸货时，岸上和船上人声鼎沸，甲板上铁索的辘辘转轴声，搬运工的邪许声和货包沉重的落地声声，交织成一幅紧张热烈的生活图景。

不顾迎面吹来的江风，我打开了拧得很紧的舷窗，寻视着滚滚的长江。江心的大浮筒旁边，有一只木盆在激荡的水面漂浮。木盆里两个小男孩，大的一个只有十岁光景，小的约六七岁，都光着全身，仰着细细的脖子向船上乞讨。可怜的弄潮儿！

移时，终于有个旅客俯着铁栏杆向木盆投下一枚铜子，一种在当年价值最低的货币。铜子掉入江水里。年纪稍大的那个孩子立刻从木盆里一跃而起，跳进翻滚的浊浪里，像一条活蹦乱跳的鲤鱼。倏忽间一个小脑袋钻出水面，手里高高举起那枚从水底捞起的铜子。他深谙水性，熟练地踩着波浪，载沉载浮，渐渐靠近船身。于是又有几枚铜子掷落下去，船上旅客等候着观看这个小男孩在风浪中又一次的潜水表演。

江风凛冽，我突然感到浑身一阵寒战。

直到开船的锣声响起来，敲锣的水手绕着甲板飞奔过去，轮船起锚开航，我还从窗口注视着那两个在浪涛里搏斗的孩子。终于那只木盆在我的视线中消失了。我躺在铺位上拿起一本书，怎么也看不下去。

长江上翻滚着无尽的波浪，像一本无边的生活大书，我读到的是其中一页。

五

在上海亭子间阴暗的窗下，我度过了三十年代中期到四十年代后期的大部分日子。

窗口一角，举目可见十八层高楼的鹅黄色巨大侧影。大楼像城市里一座巍峨的山。冬天挡住了阳光，夏天则又挡住了风。我的亭子间终年都笼罩在阴影里，像是峡谷下的小屋。

小窗幽暗。窗外的灰色小弄堂里，没有阳光，没有绿色的生命，于是便渴望热带国度里浓绿的参天乔木。古代的域外哲人瞑坐在菩提树下沉思默想，我乃以"菩提楼"为斗室的命名。这当然很幼稚可笑，不过是借此表明对生活的渴求而已。

窗前有一张用肥皂箱和粗木板搭成的桌子。这张低矮没有脚又很不稳固的自制"书桌"，倒有点像手工业作坊里的工作台。就在这粗糙的木板上，摆着鲁迅创办的《译文》和郑振铎主编的《世界文库》以及其他文学书籍。有了大师们的辉煌著作，陋室便成了神圣的殿堂。在这里，一个笨拙的文学学徒从"描红"开始，夜以继日伏在案头，努力做着学校以外的初级文学作业。

抗战前夕，那个寒冷的上海冬天，我十分怀念一位贫病交迫而死的国文老师，一位指引我走上文学道路的启蒙老师，写了一篇五千字的散文。这是在肥皂箱上写成的，一篇没有投入废纸篓的习作。开明书店印行的一九三七年六月号《中学生》杂志上，选用了这篇投稿，主持刊物编务的是夏丏尊、叶圣陶等几位先生。

这次文代会闭幕时，合影留念以后，来到灯光通明的人民大会堂宴会厅里，在《月光照在科罗拉多河》的悠扬乐声中，我在茶会上与叶圣陶同志幸会。叶老须眉皓白，满头霜雪，而精神矍铄。没有更多的时间交谈，也不可能向他倾吐我的感激心情，我惟有在心里默默地向他致敬：叶老，你是一代宗师，你在中国的文学大地上培育了几代人，你始终在前面领路。

《路》是我在《中学生》发表的文章题目。我就是在"五四"以后文艺界前辈们直接间接的教育下起步学走路的。既是文学道路，又是生活道路。自然那时候不可能预料，日后我将以毕生之力长途跋涉在文学道路上，与其说有多少坦途，不如说有多少巉道和歧路！

窗内亭子间里的天地是很小的，思想和感情却有如不羁的野马，不甘于关在阳光照不进的屋子里。我常常感到难以排遣的孤独和寂寞。直到有一天，从爱情的花园里吹来一阵温柔的风，吹进我蜗居的小屋。我开始编织绮丽的梦，培植热艳的青春之花，迷失在一片奇异的风光里。风过后，摇落了镜面上破碎的花影。我拾存一些零落的堇色记忆，又回到没有脚的粗木桌子上，耕耘我自己小小的一块园地。

不久，抗日爱国救亡运动的连天烽火也照亮亭子间的小窗。我从虚无飘渺的所谓人生理想中脱身出来，逐步走向现实生活的土壤上。我开始接触一些革命的书。其中之一就是斯诺那本著名的《西行漫记》，中国一代青年知识分子的革命教科书。不知多少要求进步的青年接受它的影响。这本红色布面的书籍揭开了一个令人憧憬的新世界，人们第一次看到延安的红星光芒照耀着中国。第一次看到毛泽东、周恩来、朱德等等伟大的名字和他们伟大的革命经历。第一次看到中国革命航船的桅杆出现在北方地平线上。

一九三九年暮秋，上海沦陷为"孤岛"时期。窗外的枯叶随风飘舞，灰色小弄堂里铺满厚厚的落叶。一天，一位早在我童年时就与我家庭有往来的朋友，一位来往于上海和新四军革命根据地的地下党员，进入我的亭子间里。

由于他的帮助，我才能实现一次向往已久的旅行。我跟随地下党组织的上海各界人民救亡代表团，秘密地到皖南新四军军部去劳军。在瓯江的一条货轮上，发现同行的还有一位美国进步记者杰克·贝尔登。记得全国解放后，毛泽东同志与斯诺的一次讲话中曾问起贝尔登的行踪。我知道他出版过好几本关于中国革命的书。另外一位美国进步作家安格尼丝·史沫特莱则是在一所军医院里见到的。那次访问提供了我以后一篇访问记的材料。我们同在新四军军部所在地，云岭丛山中一个有开阔空地的大祠堂，迎来了三十年代的最后一个元旦。

这次短短的革命行程，使我得以完成一本以《青弋江》为名的散文集。青弋江是横贯新四军驻地的一条江名。这是我的第一本书，出版于一九四〇年间。我以这本书纪念被旧社会的黑暗势力吞噬的初中国文女教师孙太禾先生，她是我文学上最初的带路人，我深深感谢她。

六

第一面五星红旗在上海的高空迎风飘扬，我躺在闹市中心一个医院里，整天仰望着湖绿色的病房长窗外，向旗帜上的星星致敬。

那几年我被慢性疾病折磨得很苦。季节变化时，我多半在病榻上，靠氧气筒和挂瓶，还有大量的药物，度过呼吸痉挛的许多白昼和夜晚。五月，上海解放。十月，人民共和国第一个国庆节。盛大的纪念日，我却只能在病房里侧耳倾听代国歌《义勇军进行曲》的军号声。游行人群的欢呼浪潮从窗口涌进来。我凝视着窗外，红旗上的星星在明丽的阳光下，熠熠发亮。

对每一个热爱社会主义祖国的中国人来说，这是一个伟大的历史时刻。对我来说，同样也是一段旧的路程终点，又一段新的路程起点。前进道路上的路标是明显的。

五十年代初期，我从美其名曰"菩提楼"的亭子间搬到沪西一幢楼屋上。住房以外，有一间贮藏室。那真是名副其实的斗室。一扇很旧又很窄的钢窗，是室内光线的惟一来源。从前的屋主人留下来一张破书桌。每次我从医院归来，就躲进贮藏室里，很高兴自己终于有了一张真正的写字桌。

昔日上海"孤岛"时期常在一起学习写作的几位老朋友，解放后分别担任了全国重要报刊的文艺编辑。他们没有忘记我这个深居在贮藏室里的人，不止一次来敲我的门。于是我又鼓起勇气，重新拿起笔来。

从五十年代后期到六十年代初期，我出版了两本薄薄的散文集子：《第二次考试》和《织锦集》，大部分篇章是在贮藏室的小窗下写成的。我试图表现新中国年轻一代的道德风貌和青春的美。我希望作品所描绘的人物，能成为社会主义土壤上一朵绚丽的精神之花。一九五六年十二月二十六日发表在《人民日报》副刊的《第二次考试》，是我较早的一篇尝试之作，寂寞地开放在我自己经营的荒芜园地上。

我在一篇谈《第二次考试》的文章中说过这样的话：

当这迟开的小花，或者说这稚嫩的小草，怯生生地来到这个世界上，悄悄环顾周围的参天大树和遍地繁花，既感到生命的喜悦，又为自己的渺小感到害羞。幸而大地是公正无私的。在风和日丽的艳阳天，小花小草也各有自己的生之权利。阳光普照下，万物都欣欣向荣，各自按照生存的规律向上生长。

然而，曾几何时，沉重的铅色阴云渐渐遮住了晴朗的天空。从"左"的方面吹来一阵又一阵凛烈的朔风，几棵大树首先响起一片寒颤的声音，不少鲜艳夺目的名花都笼罩在浓重的阴影中。天边出现了某种不测风云的预兆。小花小草也做起瑟缩的梦。

就是这篇一度在教育界某些人视为异端的旧作，隔了整整一代人的时间，将近四分之一世纪以后，又用来作为一九七九年夏季的全国高考语文试题。以《第二次考试》中所写的过去一代青年的故事，来考核今天的青年一代，且不说短小作品的漫长历程，这个试题本身也是耐人寻思的。

考卷上的题目常常要让生活来作出回答。

七

岁月消逝，上海之窗在我面前慢慢关上了。

这以后的许多年代，不断变换的窗户向我开启和闭合。从福州的湖畔之窗到榕城近郊的新居之窗，一眨眼便是十年。接着又是十年，撼天的政治巨浪席卷了中国大地。我的一家起初被迫迁居在布满蜘蛛网的仓库里，尘封的窗如同诡谲阴险的眼睛。以后是多次搬动的"学习班"，我到了划地为牢的山区里，屋内只有一扇临河的木窗，却须处处提防恶毒的眼光。及至全家"下放"到山乡时，自己用塑料薄膜在泥壁上嵌成很大的一扇土玻璃窗，山居土屋倒也充满了和煦的阳光。当十月胜利的喜讯传来，我恰好在闽西红军革命根据地旅行；在历史性的时刻，我看到许多革命历史之窗。

我从这一扇窗到那一扇窗，度过了生命中最宝贵的时光。有欢乐的时光，更多是痛苦的时光。当我在年轻的时候，常常独自坐在窗前，或是临窗伫立，每每若有所思也若有所待。当我不再年轻的时候，仍然如此。

三十年来，我零零星星写下的一些文字，大抵都和自己生活中的窗内窗外有关，这就是书名的由来。

出版社很早就约我编一本所谓个人散文选集，我却是很迟才动手做这件工作。因为作品既不多，可选者更少，三十年的作品，除了一部分属于练笔之作，另一部分又不能归入散文之属，余下的就寥寥无几。就时间而论，这里收入的四十篇散文，倒有一半是近三年所作。另外一半稍多一点则是若干旧作拾存而已。每篇篇末都有年月为记。不用说，那失去的十年时间内失去的作品是很难计算的。很少有人能够例外。

大钟又响了。钟声余韵从窗外飘入。近处十字路口的大钟是个无情的报时者。城市上空回荡着时间的声音。这是临近一九七九年的岁暮时节。一年将尽。再过半个月，我将在自己的窗口谛听二十世纪八十年代第一声钟响。

我把所有的窗户都打开。

窗外是一个充满活力和生气的世界。

一九七九年十二月十六

飞雪的春节

又是飞雪迎春的时节了。

那一年，我的家在山林深处。村屋依傍着山岗岩壁。大门外，奇幻多姿的武夷山脉鹫峰支脉举目可见。院子前有一棵百年大樟树，盘根错节的老树下，环抱着一口古井。这里是山区农民到浮桥小镇去的一条必经之路。往来的过路人往往在浓荫覆地的水井旁歇脚休憩。

我的家属于这个小山村的第二十七户。前边围着高高的棕色土墙，墙内重重院落把各家连在一起，俨然自成一个山寨。据老人们说，多年以前，一个来自外省的卢姓拓荒者，在这荒无人烟的山脚下披荆斩棘开辟一块耕地。过了几代人，逐渐形成一个自己的村落。又因为地处溪滩的拐弯处，就相沿称之为卢家湾。

我们刚搬到时，颇惊异这陌生山乡的熟悉地名。卢家湾这个地名，有如从记忆深处迸出的一声回音，骤然唤起我在上海漫长岁月里的无尽思念，那个大城市也有卢家湾。那时候全国城乡都蒙受苦难，我有一种奇异的乡愁。

经过大风暴初期的动乱日子以后，我终于被放逐到这样一个僻远的山乡，而且终于在这里安了家，实在是一种当年难以祈求的"幸福"。回想在那些灾难的岁月里，不知多少人家处在风雨飘摇之中，而我们总算有了一个自己的家。同我住在一起的另外一个下放干部就是我的妻子，还有在身边的女儿。我们一家三口享有一个有灶头的厨房。旁边一间土屋当作寝室。正屋前面有一耳房是一间朝南小屋，厚实的土墙上半截，横列着一排整齐的木档。我们取一块卷铺盖的塑料薄膜把宽阔窗口严严遮住，既可聊蔽风雨，又可照入阳光，成为极富有装饰意味的窗棂。这间在山村里少有的明亮土屋，我们用来兼作卧室和书房，也是接待左右邻居的所在。

那时，我们都很喜欢这个远离尘嚣的僻静的农村之家。我的妻子下乡时，买了一本当时很流行的农村医疗手册，自己又置备了一些常用药物，以防不时之需。一次，沉默寡言的老生产队长站在门槛边半天不说话。一看才知道他出工时不慎踩着竹尖，脚底全是血污，当即给他作了消毒处理，并用纱布包扎了一下。又一次，房东大娘的孙女儿芳婷患感冒发烧，量过体温，配了一些扑热息痛及长效磺胺之类交给他们。以后便不断有人上门来索取一点药，或者要求涂点消炎药膏，我们这间小屋竟又成为简易的医疗室。

那些成年累月在山地上默默劳作的农民们，平时为了买一斤粗盐的钱都得到处张罗，轻易是不愿到七里地的小镇卫生所去看病的。开头几天，他们多半很拘束地侧立门旁，难得跨进我们的小屋。但是数月后，除了生产队干部常到这屋内研究队里的工作以外，就有一些大婶大嫂带着孩子找上门来，高高兴兴地坐在屋里闲话家常了。在我们自制的小油灯火光摇曳下，经常是一壁厢笑语人声，一屋子人影晃动。

不久就临近春节。过了阴历十二月半，生产队里的年终分配大抵已接近尾声。人们胼手胝足劳动了整整一年，现在家家户户开始蒸年糕，酿米酒，炒花生，做芝麻糖等等。哪怕仅仅是一种节日的点缀，一种传统年景的象征。这个生产队历来种籽瓜，以瓜子颗粒大而饱满闻名远近。在柴火哔剥的大灶头上，热铁锅里炒瓜子的声音，是多么富有魅力，谁听了都会感受到过年的欢乐气氛。

山区的冬天严寒逼人。我们的小土屋里，烧着一盆炽热的炭火。火光照红了墙上那一排用塑料薄膜权作玻璃的木槅窗。窗外是一角灰蒙蒙的欲雪景色。已经是岁暮年边，他们怎么还没有回来呢？那两个在少年时代就过早地

大地的脉息

离开学校，到另一处山区去插队劳动的男孩，不是来信说回家欢度春节吗？做母亲的不知多少次站在大樟树下举首翘盼。她心神不宁地刚刚回到灶头旁，忽然小女儿雀跃地大声欢呼起来，向外飞奔。在微雪的幽明中，两个肩挑重担的少年推开了自己的家门，把他们这一年辛勤劳动的全部收获都挑回家来，回到这个对他们来说是既熟悉又陌生的新的家里。

这在小山村也是一件新闻。许多相熟的农村妇女纷纷进门来探视，看看下放干部全家团聚的情景。心地忠厚的房东大娘，从我们住在她家里的第一天起，便处处关心我们。她大约六十多岁，终日忙个不停，善于在不同节日里做各种美味的农村传统食品，以她的巧手和为人热诚，受到全村的尊敬。她正在热气腾腾的蒸笼旁，忙着帮我们家做红糖年糕，这时一转身从她的住屋里捧出一大包炒花生，非要塞到我的两个儿子手里不可。过一会儿，老队长特意拿来一瓶家酿的桂花米酒，默然无语就悄悄离去了。随着邻居们亲切的问询，不断送来油麻糕、寸金糖和糯米团，各种各样家制的糖食和糕点。啊，善良的，纯朴的，可亲的山区农民们，你们送来的岂止是最好的节日食物，还有一片使人为之感动的真切情意。

大年夜落了一场瑞雪。繁密的雪花闪闪烁烁地漫天飞舞，整个山村笼罩在沉静的飞雪之中。在这仿佛与世隔绝的山乡，我们吃了一顿丰盛的年饭，随后一家人围住满盆炭火。火盆上的水壶冒着热气的氤氲，伴随着沸水欢乐地嘶嘶作响。红烛初燃，笑语盈室。真的，我们记不起哪一年的除夕比今夜更温暖了。

然而，在这飘雪的岁末之夜，在远离我们小屋以外的全国各地城市和乡村，有多少团聚的家庭，又有多少离散的家庭？多少人有家归不得？多少人无家可归？我们凝视着明亮的炭火，怀念失去音讯的亲友故旧，默默祝愿他们都能欢度这新春佳节，愿祖国大地上的人民在未来的每一个春节都吉祥如意。

年初一的大清早是在爆竹的脆响声中醒来的。睁眼一看，呀，整个小土屋都是银亮的雪光。横窗上嵌着白色花纹似的雪花，屋檐凝结着白珊瑚般的冰串。我们迫不及待地推开小院的大门。门外是一个广漠的白雪世界，白得宁静，白得肃穆。真想去拥抱这洁白的大地。一股清冷的新鲜空气迎面扑来，不知怎么想起学生时代喜欢的惠特曼的一句诗：

啊，我的灵魂，我们在平静而清冷的早晨找到我们自己了。

这个年初一的雪朝，我们在满头皆白的大樟树下走过。遥望溪流对岸，白皑皑的群山屏立，像一幅银灰色调的庄严版画。踏着雪，走到溪边渡口去的曲径小道，厚厚的积雪印上我们一家人蜿蜒的足迹。渡口那棵满是冰雪的大树上花开满枝，我们第一次发现，原来这一树迎着严寒来报春的是梅花！

山林深处的卢家湾，别来无恙否？你在我们最感到孤零的时候给我们温暖，你在我们最寂寞的春节中带给我们难以忘怀的节日愉快。你是我的第三个故乡，还是第四个故乡？也许有一天，我将在那个大城市里的卢家湾想起你。我一定会想念你的，在每一个飞雪迎春的日子里。

一九八〇年二月

山乡的渡船老人

我常常想起山乡的那个渡船老人。

说是山乡，因为我有几个寒暑是在那里度过的。那里的山水人物同我逝去的部分岁月交织在一起，那里的土地留下我深深浅浅的足迹，那里也就成为我的另一个故乡了。

大队部坐落在画屏似的山麓下，奇峰危岩的倒影俯临着村前的溪水，犹如一个山水空灵的绿色半岛。没有桥，渡口的小船便成为活动的桥梁。我到山乡的最初一段日子，寄居在大队部的侧屋，以后又搬到五里地外的一个小山村，来来往往都要靠着小船摆渡。

撑小船的是一个面色严峻的老人。不知为什么他总是那么阴郁，显得有点古怪。你问他十句话，至多回答你一句，甚至连一句话也不愿开口。有时，渡船上只有我和他两个人，他只管自己慢悠悠地撑着竹篙，好像这船上只有他一个人，这整个世界只有他孤零零的一个人。开始我觉得这老人未免不近人情，慢慢地也就习惯于这种载满一船沉默的摆渡了。

不过这样我倒有更多的余闲去观察他。他的古铜色头颅上的白发白须，他常常衣衫敞开裸露出古铜色的胸膛，还有他裤管卷起的古铜色腿部，这整个给人一种倔强的神气。人们说他早年是一名出众的舵工，闯过不少大江大河，也经历过人世的惊涛骇浪，现在年已古稀，就在这大队里给人摆渡，以度过他的垂暮之年。

他看起来没有亲属，也没有家，这渡船于是成了他的家。船梢篾篷下，铺着一张磨得发光的棕色草席，上面有一条叠得很整齐的花布棉被。靠前的船舷旁，一缸米，一桶水，一堆木柴，这便是他全部的食宿所在。船身内外的木板擦洗得明净光洁，所有生活用品无不安置得井然有条，俨然是一个小小的水上人家。

最引人注目的是卧具上端，鸡毛掸子旁边，挂着一方明亮的小镜框。镜框里的照片，是一张十分年轻的笑脸。这是一种春日阳光般灿然的微笑，是一种对生活充满着无限热望的微笑。我想这是老船夫留驻在相片上的永远的青春。每次我摆渡过岸时，情不自禁总要对着那张照片看一眼，觉得这照片上的笑容，在小船里投下一道生命的光辉。有几次我还发现，镜框下的一只空酒瓶里插着几朵野花。想不到古怪的船夫还真是很有生活情趣的。

可是不知为什么，在这个老人满是皱纹的黝黑脸上，不止是刻着苦辛的印记，还隐约留下寂寞的阴影，宛如写在他脸上的是页很难读懂的人生的书。

夏末，落了一场暴雨，千百条山涧汇集成川，呼啸着一齐流入河道里。那个晚上我到大队部开会，会后留宿在祠堂边的侧屋，听了一夜风声和雨声。翌日天虽放晴，而渡口的溪水高涨，淹没了一片沙石地。为了免于被激流漂走，渡船早已拽上溪滩，系在一棵老樟树下，显然是无法摆渡到对岸去了。那天早上我恰好有事要到公社去，站在水流激荡的石磴上迟疑了很久，末了决定试一试涉水过溪。

"慢着。"有人喊住我，"这水底有暗礁深潭！"

原来是那个古怪的渡船老头。也不知从哪里冒出来的，他出现在我身边，有如一尊古铜色的雕像。

"可我要赶路。"我无可奈何地解释着。

他毫不犹豫地说："来！"

我以为他要带我蹚过溪水，高兴地请他走在我前面领路，不料他沉缓地低声说："我背你过去！"

这实在很使我吃了一惊。且不说他平时那种难以接近的冷漠神气，我简直不敢相信这话出自他的口中；即使论年纪，他也比我大了一截，我是不能领受这一份盛情的。

然而他却是极其认真，冷冷地重复说："我背你。"

从大队到公社所在地约有二十里山程，中间还得翻过一条很陡的荒岭，而我必须在晌午时分赶到那里。可是，眼前这条溪流涨起大水，无法指望搭渡船到对岸去，我站在溪边怅然四顾。

"来！"他弯下身子，不容我多作推辞，让我伏在他像船板一样厚实的背上。

这是我生平最难忘的一次摆渡。他驮着我，沉稳地一步一步踩着浪花激溅的溪水，水流渐渐淹过他的古铜色腿部，渐渐浸上他的腰部。我伏在他的背上，隐隐感到他脚下踩过的水底卵石，感到他绕过几次水下险道时的脚力。他照例是沉默无语，仿佛他自己就是一条载人的渡船。我也不知道对这样一次意外的经历该说些什么。我该说些什么呢？在这时候，任何感激之辞都是空泛无力的。我突然感到，负载我的不只是一个人，而是这一带的山区人民！

然而，使我的心灵为之震颤的一件事，则又在过了许多日子以后。

那是寒冬腊月里的一天，渡船老头到县城去了，船上的撑渡换了一个替手。我似乎颇有点寂寞。自从我到山乡数个月以来，尤其是那次老船夫驮我过溪，尽管我们交谈的话仍然不多，终于在渡船上建立起感情的桥梁。有许多次，山乡邮递员把我的远方来信和大队的《人民日报》留在渡头，每一次，老人都是很负责地亲手交给我。不久我就发现村内村外所有过渡的人，对大队里这个老船夫都很尊敬，而且都很关心他。每逢过年过节，船梢的篾篷下挂着社员们赠送的一尾鲜鱼，一块腌肉，或是一串干辣椒。干辣椒像一串红艳艳的鞭炮，喜滋滋地在船上晃动。

那天傍晚时天气阴寒，铅灰色的低空压着山巅。渡船载着最后一批从对岸山垅田收工回来的社员们，在轧砾的沙滩上停靠了。我和大队支部书记老林到溪丘地小队去开会，一同上了渡船，坐在篾篷内老船夫的卧铺上，举目细看篷壁上挂着的小镜框。我对老林说，这张相片一看就知道是老船夫年轻时照的，那双无邪的眼睛，透着一股灵秀之气。如今上了年纪，老人家的眼神就黯然无光了。

老林摇摇头："哪里，这照片上的青年不是他，你不知道？"

"那又是谁？"我不胜惊讶。

老林黯然说："那是他儿子！"

一提起老船夫的儿子，大队支部书记轻轻哆嗦一下。这时渡船在沉沉暮色中撑开去。寒风吹进篾篷，溪面闪着寒光。随着船桨起落的欸乃声，我听着老林声音悲怆地说起老船夫的一件往事。

老人大半辈子过的是水上生涯，不幸早年丧偶，身边相依为命的只有一个独子。小男孩自幼跟着父亲浪里来风里去，在风浪里长成一个健壮聪颖的少年，进了县城中学后，是一名品学兼优的好学生。席卷全国的一场政治大风暴开始了，他同全国成百万的学生一样，到许多省市城镇去"串连"，足迹远至西南边陲的省份。

那一年他才十五岁。刚出去时还寄来两封简单的家信，以后就音讯杳然。他的伙伴们陆续回到家乡"就地闹革命"，可是这孩子却从此不知去向。有人说他"为革命做了囚徒"，不知被禁锢在远方哪个牢狱里。也有人说他在外省的一次大武斗中，平白无辜做了流弹的牺牲品，葬在不知哪处的乱坟堆里。众说不一，存亡不明。总之，直到今天还是一个谜。一个年轻的生命竟然像流星一样陨落了。

只有老船夫从未失去过希望，他对一切不祥的传闻一概不闻不问。他不相信，他也不愿相信儿子一去不复返。在别人面前他的话越来越少，在没有人的时候，他对自己说的话则越来越多。他孑然一身地生活在小船上，对着孩子的照片独语。像是祝祷，像是祈求，又像是哀诉。有时他仰头对着上苍愤激地大声说话，像是控告人世的不平。更多的时候他茫然若有所失，又若有所待。他靠着希望生活，他生活在永远的期待之中。他心中燃烧着的希望之火是永不熄灭的。

山城不通火车。每隔一个时期，老人就到县城的长途汽车站去等待。他怔忡不定，惟恐失去一次在车站上亲自接到儿子回来的机会。时间无情地一年接着一年过去了。他对人说他儿子很可能在外地找到工作，按理说到了春节该会回乡来探亲，于是又改为一年一次，临近春节前十天到县里去。人们看见车站的长椅上，坐着一个面容严峻、衣冠整齐的老人，痴痴地寻视每一班长途汽车的每一个窗口。大家都辛酸地暗暗在心里说："渡船老头又在等他儿子了。"

这是错误的历史造成的一个普通人的悲剧。

也许这不过是千百万人中的一个小悲剧。

清明时节，溪边的杜鹃花盛开，满山浓黛中一片绯红，映照着色调迷离的溶溶春水。长长的竹篙往水里一撑，水面上漾起红艳欲流的涟漪。船头上一个古铜色铸像一样的老人，撑着渡船渐渐靠近岸边。

在这梦幻似的幽境中，我又一次上了渡船。

山乡的孩子们采撷了一大把一大把的杜鹃花，纷纷跳上船来，带给那个年年月月为人们摆渡的老船夫。杜鹃花又名映山红，山里的人称为清明花。我也把随手采来的一束清明花，默默地放在船篷内的小镜框下。不一会，又有几个摆渡的山村姑娘也捧着鲜花上船来。霎时间红花载满了一船，像载满一船无穷的希望，直向对岸驶去。

在十年动乱中离散的亲人们，只要活着的，或早或晚都已团聚了。那个魂牵梦萦地思念着儿子的老船夫，那个孤寂的老人，今天是否依旧在大队撑渡？他生命的最后一页是怎么写下的，依然是满怀希望抑或终于感到幻灭？

我不知道，我又多么渴望知道！

我常常想起山乡的那个渡船老人。

一九八〇年二月

普陀三日记

一九六〇年盛夏，我在南海游览胜地普陀山旅行。虽然头尾只盘桓三天，走马看花，倒也赏玩了普陀山的名胜古迹。归后拟作游记，因事未能终篇，仅留下残稿及普陀日记而已。倏忽间逾二十年，几经变迁，而这两份旧稿得以幸存，也可谓是劫后余生。现特加以整理发表，算是我那次还乡杂记的辑录。同时也为我逝去的游踪留下一点纪念。

一九八〇年十月十五日作者附记

一九六〇年七月十五日

为了搭乘晨五时去沈家门的第一班长途汽车，天未明即起，从家中赶到定海车站还只四时三十分，但汽车误点到五时十分才出发。车上乘客十余人，并不拥挤。一路上晓风拂面，一阵阵凉爽潮湿的海风使人心旷神怡。车窗外，山黛树绿，阡陌纵横，不觉胸怀大畅。

车行一个多小时，左右顾盼间，沈家门蓦然在望。只见港湾外风帆片片，贴着夏日的蓝色晴空，有如飘浮的云影。海风更大了，吹来强烈的鱼腥味和咸味。眼前出现一座颇具规模的渔船修配厂。六时十分到沈家门车站。原想当即转坐小火轮去普陀，可是轮船却已于六点钟启碇离埠，我赶到时已迟了半小时，站在码头上眺望水波浩渺，说不出的惆怅之感。

幸而一个渔民孩子告诉我，午后涨潮，另有帆船到普陀山。这样我有整整一个上午的时间，在渔港的街头溜达。

沈家门是我母亲的家乡。海滨的迤逦石板道上，曾经留下我童年时代的足迹。当我重返家园，一转眼三十多年过去了。这个全国屈指可数的著名大渔场，留驻在我记忆中是一幅粗犷的繁荣图景。当渔汛季节，色调尤其热烈。那时候港湾内外，桅杆林立，帆樯密集。今天我在大街上闲步，仿佛又回到童年的日子。

晌午时分，在镇上最大的一家合作饭店的楼上，要了一盘青蟹和半斤黄酒，凭窗独酌。这是困难的年头，饥馑的岁月，在这里却能吃到海鲜美味，虽然其品种也比往日少得可怜。

午后二时许，随着潮汐涨起，登帆船去普陀山。帆船载重五吨，从沈家门到普陀山计八海里，船舱窄小，但船板光滑洁净，可供坐以休息。船老大有三十多年航行经验，他的帆船也有同样长的服务时间。在船老大沉稳熟练的操作下，根据风向，桅杆上的赭色风帆有时改为"二道"或"三道"，有时篷帆移左侧或右侧。他是船上的主宰。他掌舵，扯帆，一言不发。他的年轻助手矫健灵活，若无其事地对着扑面而来的纷飞浪花。

不到一小时，在汪洋大海中，普陀山隐约在望。那是一个近乎透明的宁静的绿色世界。船过莲花洋，风浪骤作，帆船霎间被浪涛托起，继而似乎又在浪涛翻卷之下。同船七人，正在兴高采烈地谈论沈家门社会主义建设的远景规划，忽然掀起一阵巨浪，全船的人几乎都站起来扯篷拉帆，看来这一段航程的乘客习惯于在风浪中航行。

下午三时半，终于在普陀山的短姑道头上了岸。

招待所设在幽寂的古木深刹之间。若不是有人指引，几乎不得其门而入。门在灵鹫峰山麓下，面向街道的边缘，其实只是一扇虚掩的木栅门。推门入内，有一条夹峙在岩石壁中的仄径，数十级石磴盘旋而上，大有曲径通幽、引人入胜的意味。

这里本来是一个废弃的庵堂旧址，其中一座供香客投宿的客房，两层楼上下有二三十间房子，解放后稍事修葺，改成普陀山管理处招待所。近年来绝少有游客到此下榻。我住在一间简陋的楼屋里。静极了，这隐藏在半山腰的楼屋！推开木槅窗，一片澄绿的山光岚影扑个满怀，顿然抖落了一身风尘和旅途的劳顿。站在窗前，尽情呼吸满山满谷的清凉气息，通身都像洗涤过一般的明净。说是长夏炎炎的七月，这里却分明是新秋天气。

黄昏时分，我走下石磴出门去。不料一转身就看见普济寺，就在招待所近旁。寺院的杏黄色粉墙几乎占了半条街。墙外古木森然。寺顶飞檐斗拱，金黄色琉璃瓦，画出庄严曼妙的轮廓。在夕阳斜照里，一片宁静，一片肃穆。我信步进入大殿。一个善女人虔诚地匍匐在佛龛前念念有词，祈求神的庇护。一个老僧在禅房里单调地敲着木鱼，念他的什么经。四下寂寂。偶或有三二老和尚挑着竹扁走过。偌大的殿堂显得更空玄也更寂寞了。

普陀山一共有三百多个寺院，岛上寺庙殿宇的金色屋顶，参差层叠，灿然发亮。普济寺又称前寺，是普陀山的三大名刹之一，始建于宋朝，殿阁七重，以开阔深邃见胜。昔年香火甚盛，入夏时游人如云。以后逐渐衰落，尤其是这几年来，"海天佛国"自然也受到殃及全国的天灾人祸的影响，再也没有人来朝山进香了。旧时名闻海外的旅游胜地，如今只给人空寂之感。在这荒芜的年代，这个剔透玲珑的海岛上，这时候似乎只有我一个远道而来的游客。

一个人也好。心无牵挂，悠闲自在。走到丁字路口，有一条平坦光洁的石板道。街上行人稀少，二三十家店铺冷冷清清的。但是不论走到哪里，这岛上无处不是一片空明，无比清澈，无比洁净。在这里，一缕清风中似乎可以羽化成仙。

晚饭后，走到清雍正建立的御碑亭前看了一会儿。高达一丈六的汉白玉御碑上，刻着普陀山的历史。随后，就近在莲池畔漫步。莲池亦即海印池，广十余亩。池东的明建永寿桥与西面瑶池桥隔水对望。桥堤下的池塘划分为三，各有一片含苞待放的荷花，红的娇红，白的雪白。荷叶以大块大块的墨绿色覆盖着池塘。在朦胧的蓝色夏夜，池中花影婆娑，扑朔迷离。微风过处，掀起一层颤动的浓绿涟漪，更增添了晕红花朵的魅惑，宛然是一幅印象派画家的杰作。不知怎么想到莫奈的巨幅壁画《睡莲》，随着气候和时间的差异，画中景物的光影和色调变幻不已。

这个夜晚，普陀山十二景之一的"莲池夜月"装饰了旅人的梦。

七月十六日

一宿醒来，窗外天已大亮。绿莹莹的晨光，清亮如湖水，连同满山葱茏的绿意，一齐带进楼屋小窗里。

晨游多宝佛塔，塔在前寺左侧。

多宝塔建于元代，从塔基到塔顶共四层。下面一二层边缘四周有石雕龙头，栩栩如生。上两层，四周各有一尊大佛像，佛像旁环立着五个姿态不一的小罗汉。塔的内外没有石级，无可登攀，只能仰望。

整整一上午，我徜徉在千步沙的迷人海滩上。

千步沙位处岛上东隅海边，沙滩的地形稍呈弯形，长约二里许。沙色黄净细匀，确有"黄如金屑细如苔"之感，故又称"千步金沙"。海水澄碧，滚滚白浪漫上金色沙岸，镶成一条蜿蜒的银白色花边。

沙滩上渺无人迹。只有我一个人久久在沙滩上蹀躞，留下一串鲜明的脚印，不久又被海浪抹去。想起普陀山往昔的荣华岁月，这里曾是热闹的海滨浴场，留下过多少旅游者的足迹，都被无情的浪潮卷走了。我寻思，必定是有人在这岛上感到刻骨的寂寞，乃称之为"海岸孤寂处"。对这地名，这天上午我仿佛憬然有所悟。猛一回首，只见褐色的峥嵘石崖上，贴着一群黑压压的苍鹰，几乎遮住了三个斗大的红字：千步沙。

沙滩尽头处有一潮音洞，可是我找了许久没有找到，便折返归途。

下午游了两大名刹：一是法雨寺，又名后寺。一是慧济寺，又名佛顶山寺。这两大名刹与普济寺鼎足而三，统称为山中三大寺。

法雨寺在白华顶以左，光熙峰下。古刹依山而筑，层层叠建，蔚为壮观。昔年寺院外遍植珍木异卉，今则所余无几，但行近山刹，一阵浓郁的树脂芳香自远处扑鼻而来。从海会桥入内，桥下池塘里的游鱼成群，历历可数。几个孩子在池子内游泳，若与鱼嬉戏。过了桥，穿过一条弧形的石板道，两旁是巨石垒砌的厚墙，浓荫覆地，暑气顿消。

法雨寺内大园通殿，据传是明朝南京故宫拆迁而来加以改建的。殿顶的九龙盘珠，造型奇特，堪称一绝。大殿前一尊纯白的玉佛，光可鉴人，有若瓷塑。大佛像的明眸朱唇，眉宇正中一颗大红痣，宛然是对着人间微笑。佛龛前供着硕大无朋的万年香烟炉和高可及人的铜烛台，令人肃然。寺僧六十人，都在附属的生产单位劳动。至藏经楼，昔年印光法师曾到此布道。在寺院外遇一老和尚，正在悠然放牛，他原住上海闸北，"一·二八"逃难到山上削发为僧云云。

这一天游程的高潮是登临佛顶山。

从后寺起步，约五六百级石蹬盘山而上，巍巍然有如云梯。这时晌午已过，又饥又渴又困乏，乃在"云扶石"的阴影下稍事休息。道旁插着一块斜三角形的木牌，尖头指向山巅，牌上写着红字："再使一把劲，攀上最高峰!"显然是驻地部队号召登山者努力向上，看了倒也精神为之一振。我于是继续攀登，又走了百余步石级。抬头仰望，这才瞥见岩壁的一块石碑上，"佛顶山"三个大字赫然就在头上，不觉深深吸了一口气。

然而佛顶山的山巅还在更高处。

普济寺在深山环抱中，并不是一眼能看到的。走入一条山间小道，林木掩映间，出人不意的露出一角金黄瓦顶。我赶紧拔步前行，奔向寺院，向师父讨茶。他扬手一指，长几上摆着一大缸冷茶。水是甘洌生津的泉水，茶叶是普陀山当地的山茶。我生平没有喝过这样的好茶，因为离开招待所后，足足六个小时滴水未进!

午后一时三十分，僧侣还在午休。只有一个老和尚靠着门侧，全神贯注地补着一袭百衲衣。我向他探问近处有没有饭铺之类，他摇摇头。费了一番唇舌，花了一角钱和四两粮票，才算买到一份"素斋"：一碗铺满番薯干丝的粗米饭，一碗咸菜汤。此时此地，也足以充饥。

在寺院门口，拾起一朵无名小红花，夹在笔记本里作为纪念。

随后又举步登临佛顶山的极顶，一路上白云缭绕，一派烟树，缥缥缈缈。及至登上圆而平坦的山巅，四顾海阔天空，极目无边。俯瞰山下，千步沙在指顾之间，仿佛孩子们玩的沙坑。潮声拍岸，清晰可闻。喝了粗竹筒引接的山泉，清凉之至，深感不虚此行。

夜里，招待所隔壁房间，几个到普陀山来测量实习的女大学生，声音清脆悦耳，抑扬顿挫地朗诵马雅柯夫斯基的诗句：

我赞美

　　祖国的

　　　　现在，

但三倍地赞美——

　　　　祖国的将来。

满屋子的盈盈笑语，满屋子的青春歌声。

七月十七日

晨五时起床。昨日整天的普陀山之游，也是一次体力和毅力的考验。预定三天游程，今天结束，实际上仅两天而已。开往沈家门的机轮于七时离埠，还可就近再游览一个地方。

忽然想去"潮音洞"。昨天找不到，今天偏想再试试。问明方向，赶早出发。晨风习习，遍体生凉。山中黎明，清新异常，四周景物分外明晰，有一种奇异的空灵之感。

走过解放后修筑的公路，从后山翻到前山。田塍旁，有人元气充沛地大声吆喝。原来是个满脸络腮胡子，身体健壮高大，年近七十的拐脚老和尚。他挥舞双手，驱赶着田头的一群麻雀，后来又响起一阵响锣，还是那个老和尚，他干脆用敲锣代替吆喝了。在这寂静的夏之晨，未免大煞风景。

后山与前山之间，山阴道上，有一座朱黄色拱门。迎面走来一个村姑，窈窈窕窕的，肩上斜搭着竹篓。我向她问路，她站住了。灵秀的眼睛，浅浅的笑容，一身青色竹布衣衫，通体淡雅洁净。她向我微笑，反问我为什么不多住几天。真是相逢何必曾相识。好客的村姑，你那片温馨的情意，我只能心领了。

终于找到了潮音洞，在龙湾之麓。洞深三十余丈，巨大的洞口形似天窗，照得洞底通明。潮水奔腾入洞，汹涌湍急，反复撞击着嶙峋的岩洞底层，浪花飞迸四溅，声如轰雷，不绝于耳。洞口围着石栏杆，游客可凭栏俯视。崖壁上刻有"听潮"两字，与"观海"相对。这一带经常是画家们取景的所在。

游罢潮音洞，趸入紫竹林，绕禅院一周，踏着积年的满地竹叶，响起一片片窸窸窣窣的足音，别有一番情趣。转眼间已近开船时刻，再也不能恋恋不去了。赶到码头，潮水尚未涨起，旅客先搭小舢板摆渡，然后登上小火轮。七时半开船。我倚着船栏频频回顾。普陀山渐渐远去，终于消失在我的视线以外。可是那海岛上仿佛与世隔绝的境界，宛若笼罩着幻异的灵光，依然在我的眼前时隐时现。

一九八〇年十月

小　灯

　　岁末，照例是除旧布新的时候。每个家庭都有一大堆废品等待处理，都有一个阴暗的角落必须扫除，都有一本过时的日历可以移去。

　　年终是清点的日子，也是回顾的日子。

　　有一天，我的家人在堆积如山的旧报刊与破烂之间，忽然瞥见一只奇怪的小瓶子。它毫不显眼，却又大异于其他的大小瓶子。

　　我举起这只瓶子。白漆铁皮盖子上，穿凿一个小洞，中间插着半截旧牙膏管，管口还留着一段烧成焦黑的灯芯。满是油垢的瓶底，依稀可见小青虫遗留的残骸，如同古代化石中奇特的虫形斑纹。

　　这只小瓶子，不知是每次打扫屋子时没有注意，还是为了感情上的原因，有意让它留存下来？它默默地在我家的屋角里躺了多少年？为什么我看到它便会想起逝去的黯淡岁月？

　　十多年前，我的家刚搬到崖壁下一个小山村，那里没有电灯。重山环绕中的山村夜色是浓重的，凝固的，墨黑的。从小镇买来的玻璃煤油灯又不慎摔破了。为了度过漫长的山村之夜，也为了排遣乡居生活的单调和寂寞，我忽然想起，何妨自己试制小油灯。

　　我用了一些废弃的材料，做了好几盏小油灯。有旧墨水瓶制成的，有小铁罐加工的，也有用果酱空瓶改装的。大小不一，形态各异。每次做成一盏小油灯，点燃了灯芯后，一朵小小的火焰绽开了，有如一朵光影摇曳的小花。我满心喜悦，欣赏着我自己手下诞生的一点光明。

小油灯自然不能同马灯、汽油灯、镁光灯和探照灯等等的照明工具相比拟，那是无法相比的。可是小灯虽小，同样发出光亮。即使是微弱的光，也能划破黑暗。星星点点的小火花，对沉沉黑夜，也是一种反抗。即使熄灭了，它也燃烧过。何况还能再一次点燃，继续以它怯怯的火光向黑夜挑战。

自从我制作了几盏小油灯，夜晚看书读报时，便不愁没有光源。有时常常把几盏小油灯同时点燃，放在近处最适宜于阅读的位置，构成一圈明亮的火光，使我得以从容进入文学世界。在这样的时刻，我们往往聊以解嘲兼以自慰地说，当小油灯的光芒集中起来，并不亚于十五支光电灯的照明度。

小油灯便这样忠实地陪伴我，度过了山村里一年四季的每一个夜晚。它以小小的光亮，燃起我心灵的火焰，给我精神上的慰藉，并组成我的山乡生活中饶有情趣的一页。

夏夜，小油灯的火苗招来了成群的小青虫，奋不顾身向火光扑来。这时候只要在灯旁放一盆清水，水面的灯影便漾起虚幻的光。那些翠绿色的细小勇士们不辨真伪，纷纷葬身在水里。清寂的秋天晚上，窗外虫声唧唧，我凑着荧荧孑立的小油灯，尽情享受秋灯夜读的乐趣。到了严寒的冬夜，屋外风声如捣，后山上的野树林飒飒作响，案头的小灯又是多么亲切。落雪的夜晚，阶前积雪甚深，我的土屋内则有荧荧的灯火，它不但发出光来，而且给人以宁静和温暖之感。

我的每一盏小灯都是一首小诗。它的每一个短句都是抒情的。它给我带来多少欢乐，多少幸福，多少期望。

春节来临前，远隔两地的孩子们即将回家团聚。在期待的日子里，我又动手制作了几盏小油灯，手艺上也有所改进，仿佛是精工细作的手工艺品。大年除夕的夜幕降落了。我们没有高烧的红烛，可是有许多小油灯。我把全部小油灯都点燃了，摆满了那间土墙驳落的屋子里的每个角落。还有一盏较大的油灯，用铁钩挂在正中悬梁下，宛然是一具与众不同的枝形吊灯。形形色色的小油灯，跳跃颤动的光影，呈现一幅类似现代派画家那种奇特的构图。我们全家就在这幻丽的火光下，送走了那一年的最后一个夜晚。

山野春天，如火似荼的杜鹃花遍地盛开。大自然如此慷慨，我们随心所欲地采撷了大把大把的杜鹃花，用来装饰我们简陋的山村之家。竹筒里，瓦钵里，瓷瓶里，各种容器都插满了深深浅浅的杜鹃花。入夜，所有的小油灯一齐点燃。俗称映山红的杜鹃花，随着火光闪耀，鲜艳夺目，一片晕红，竟分不出是花红还是火红。这个色调浓烈的春夜使人沉醉，像一幅风格独具的名画一样使人难以忘怀。

感谢我的小油灯，在黑暗的岁月里始终为我燃着希望之光。

后来那个山村有了自己的小型发电站。村子里接上了电灯，山区人家灯火通明，大放光芒。我的小油灯也就完成了历史使命，搁置一边。及至我调回省里，搬家时，我手制的许多小灯，都留在我们居住过的土屋里。其中有一盏，大概是顺手塞进了装炊具用的木箱中，同我们全家一起到了城市，居然一直留存到国家要走向现代化的今天。

今天我凝视着这一盏小油灯，不禁又勾起了许多往事的回忆。回想那时候我做了一盏灯，就像完成了一个小小的"作品"。这留下来的惟一的小油灯，不知是我的第几号"作品"，我完全不记得了。现在看来，它实在是粗糙得很，甚至还有几分古怪。然而它却在我过去的一段道路上不断发出过火光，成为我旧时生活中的一件纪念品。

也许，这就是我的小灯今天还没有失去的原因。

它永远有一缕火光，在我心里。

一九八一年一月

《闽居纪程》自序

　　《闽居纪程》二十六题，是我迁居福建的二十余年间，以福建各地的山水风物和闽西老区为题材的一本散文集。根据显然不同的两个历史时期，分为上下两辑：上辑起于一九五九年秋至一九六五年夏，下辑自一九七六年底至一九八一年底。其中数篇，过去从未结集，现在一并收入书内，大体上勾勒出我在闽二十年生活历程，一个粗粗的轮廓。

　　细心的读者不难看出，这两辑之间有一大段时空的间隔，前后相距达十余年之久。历史的沉重脚步也在这本小书上跨过，而时代的巨轮又令人惊异地一度逆转。有人说，对那被剥夺被浪费的十载岁月，对国家和民族皆无作为反有损害的十年寒暑，对那一大片无可奈何的空白，每个人失去的十年，一律不应计算在年龄内。

　　这自然是聊以解嘲的说法，事实上是不可能的。本书后一辑对十年的风云变幻，略略有所反映，也不过是沧海一粟。我仅仅写出这一部悲怆交响乐的几个音符，几个简单乐句。激荡的生活际遇，暂且埋藏在记忆里。随着时间推移，或终于能剖视出时代和社会若干侧面，其时也可能试作十年春秋的几个"乐章"，对逝去的空白岁月稍稍添上数笔，聊作人生的补白。最大的遗憾和欠缺，最难弥合补回的是时间的损失。在这刚刚到来的一九八二年，我只能老老实实承认年至六旬，亦即所谓花甲之年。年龄只能增添，不容减除。陶潜诗云："盛年不重来，一日难再晨。及时当勉励，岁月不待人。"

我的"盛年"已过，在进入老年之时，自应更加惜取每一个大好的清晨。

三年前，我在一次谈到散文时说过：作品总是跟时代、国家和社会的脉搏跳动息息相关，同人民的命运紧密相连。作家离不开生活的波涛和激流，在撼天的政治巨浪奔腾卷来时，要么是奋勇破浪向前，要么是被无情的旋涡所吞噬。汹涌澎湃的浪尖上，有几个真的勇士，又有几个无畏的强者？我两者都不是，只能挣扎着浮泛于大海边沿，向着陆地奋力泅游，自问无愧于心，如此而已。感谢生活大海的赐予，本书中若干篇什留存着一星半点浪花和泡沫的痕迹。字里行间容或出现某些被淘汰的姓氏或过时的名词，如同过眼云烟，变为历史陈迹，姑且一仍其旧。倒是从中取得的教益，在今后创作中足资殷鉴。

一九五九年春初，我和我的一家千里迢迢从上海来到福建。此后在我的人生道路上，约三分之一以上的岁月，一生中最可贵的"盛年"之时，与地处亚热带的闽省竟然结下不解之缘，这诚然是我始料所不及的。

最初，我也曾经有过惶惑和迷乱的时刻。我常常寻思，关于我这一段路程的开始，并不是由于我的抉择，而是奇怪的历史铸成的，一次偶然的安排。这不是一段很短的生命里程，而且也不是一条布满阳光和鲜花的路。有时候，我甚至惊异于自己是怎么走过来的。

然而我终于走过来了。

在忧患离乱的十年间，我几乎是孤独地，跋涉在风雨如晦又是荆棘丛生的荒野上，摸索着前方的道路。漫漫长夜，无边黑暗中，听着自己蹒跚的足音，更觉得周围的荒凉。但是，当我每每穿行于歧途与岔道之间，心里似乎总挂着一盏明灯，有一朵不灭的火光，指引我，照耀我，鼓舞我，使我不致于迷失在榛莽丛林之中。毕竟，我没有在"方吾生之半途"停顿不前。然而时至今日，当我有足够时间，从容回顾重山叠水的生之旅程，回顾我过去的艰难步履留下的长长一串足印，反而有一种近乎漠然的平静之感。

我似乎惯于冷冷地注视自己和自己的昔日了。

记得多年前，我从荒僻边远的闽北山地，重又回到福州后，一个深秋的黄昏，我忽然想去寻访郊外的一处旧居。整个六十年代，我住在毗邻小柳村近处，一排楼舍下的一套屋子里。一个人对自己住过的老屋，总是有许多温馨的旧梦可寻的。而在这老屋的最后一个夏天，我却是做了一场阴森可怕的噩梦。

　　难道我是去寻找旧时的梦中天地吗？那又有什么可追怀的呢？我不知道为什么要重走一次往日的路。信步所至，穿过一条熟悉的木板小桥。桥头下那几家小店铺的门面依然如昔。四周仍旧环绕着田塍和池塘，浅浅池水里倒映着伛偻树影。拐了几个弯，我慢慢走向当年寓居的旧舍。大路旁边，那条铺满砾石小路尽头处，便是我住过十年的老屋，我们在福州最早安顿下来的那个家，驮着苍茫暮色，沉默地呈现在我眼前。

　　秋之暮，微风吹起脚边的落叶，飒飒作响。我迟疑地停住，四顾无人，茫然徘徊在凄迷的落日光里。一切如旧，一切又都变了样。昔年朝夕相对的景物都变得生疏了。楼屋是我到福建后新建的，如今蒙上了灰黯的风尘之色，显得衰败破落。小路通向大门，路边两侧，我亲手栽植的那几棵垂柳，孩子们从飘拂的绿柳柔枝下向我奔来，伴随着雀跃欢呼之声，争先恐后紧紧抱住我。蓦地出现的幻觉，顷刻间又消失了。现在柳树早被砍除，影踪全无。我们一家人苦心经营过的一块小园地长满杂草，荒芜不堪。那棵移植三年的玫瑰葡萄树苗也不知去向。那年夏天，孩子们天天翘首仰望的葡萄架上，成串的紫色颗粒如同透明的玛瑙，沉甸甸压着棚架，十分诱人。眼看辛苦培育的葡萄成熟了，我们的家却被迫搬走了。

　　我犹移地举步，从小路登上屋前的数级石阶。有如奇迹一般，我忽然瞥见刻在阳台墙垣边上，有几条依稀可辨的粗粗墨线。走近细看，居然发现褪了色的年月印痕尚未消失。那是孩子们上小学后，有一次贴墙站着，依次画上了自己短小的身高标线。三条线上各写着兄妹三人自己的名字。现在他们都在艰难年代里长大成人，各奔前程，他们在壁上自己刻下的金色童年，童年的欢乐时光和少年时代的苦难日子，大概都早已淡忘了。而我记得的。这天傍晚，意外地看到孩子们的童年高度线，不禁为之怅然。

油漆剥落的大门禁闭，昏暗窗户内不见人影。这黑沉沉的屋子里，有我们一家的十年往事，十年沧桑。今天我站在旧宅的门槛外，只不过是一个匆匆来去的过客罢了。谁是这屋里的主人，与我又有什么相干。我原无叩门之意，则我又何必在此久留。忽然感到萧瑟秋风中夜寒袭人，我于是悄悄离开老屋，正如我悄悄地向过去告别。

闽居二十余年，我到过省内不少城镇和乡村，从闽南到闽北，从闽东到闽西，这本集子里的篇名，就是我行程的注脚。这里每一篇旧作中，我对自己相知的土地和人民，倾注了我的感情。

一九七九年早春，萧乾同志从北京寄给我一封信。那几乎是一封眷恋故土的来信。他在信中怀旧："一九三二年至一九三三年，我曾在福州仓前山教过一年书。我的第一篇小说《蚕》就是以福州为背景的。"他认为"东南沿海几个城市，包括厦门，福州最像中国城市"。"对榕城，我有许多美好的记忆。"他的记性真好。尽管只住过一年多时间，他不能忘记闽江的月夜，鼓山上的露营，仓前山一种野花，"如一朵朵雪球"。他说："我特别爱大桥头每晨的花市。"还有西湖。"这些变了没有？"总之，全信可概括为一句凝结着浓重乡思的话："福州是我的第三故乡。"

重读萧乾同志的信，我总是默然报以会心的微笑。真是无独有偶，福州也可算是"我的第三故乡"吧。不同的是，我居留的时间长久得多。如果萧乾同志有朝一日重游旧地，无疑可找到五十年前他的足迹所至那些地方。当然，半个世纪过去了，这个城市不断"变"了。近年来更是大有起色，走向现代化的高楼逐年矗立在市区上空，榕城的市容日新月异，这恐怕是远居北国的"老乡"难以想象的。

就在我们两人都称之为"第三故乡"的榕城，我生活着，工作着，思考着。年复一年，我也有知心朋友和许多值得依恋的往事。我将继续走上福建的旅程，更广泛地涉足于多年来"虽不能至，心向往之"的那些名山大川，江河湖海。在我未来的旅行手册上，将用我的心灵之笔，逐一把新的生活记录下来，加以描绘。有一天，也许再编一册《闽居纪程》续集，也许。

岁之初，万象更新。春节转瞬即临。在千家万户欢庆新春的爆竹声中，我想，福建将如骏马起步，向着灿烂的前景奔驰。

我热切地贴耳倾听，来自广阔大地上的新时代巨大足音。

一九八二年一月十六
家庭中一个喜庆之日

从《浅草》到《草原》

——记"孤岛"时期上海两个文艺副刊

《浅草》是《大美报》的一个文艺副刊，创刊于一九三九年十二月一日。从当时上海的历史环境来考察，一个文艺副刊的开拓有如建立一个文艺阵地，其所起的作用是不容低估的。一九三七年十一月十二日，国民党驻军全面溃退撤离后，到一九四一年十二月七日太平洋战争爆发，上海处于日军的重重包围之中，惟独市区内的"公共租界"和"法租界"，由于中国近百年来的历史原因，仍然保持其特殊地位，形成一种举世罕见的"孤岛"局面。在四面受敌如困于汪洋大海的这个"孤岛"上，既是灯红酒绿，醉生梦死，畸形繁荣，又是魔影幢幢，暴力与恶行的渊薮，恐怖事件层出不穷。大批文化人不得不远行。然而火种不灭，地下党领导爱国进步的文艺力量，团结党内外年长和年轻的文艺工作者，以灵活多样的形式，尽可能占领活动地盘，继续与敌伪进行斗争。《浅草》在这时出现，恰如荒岛上的绿洲，即使仅仅是一小块园地，刊名本身便给人带来一片绿意。

这是紧接着三十年代后期颇有影响的《文汇报》文艺副刊《世纪风》之后，由该刊编者柯灵"在硝烟和血腥中间"开辟的另一个文艺副刊。它不仅向年轻的文学爱好者提供精神粮食（有人称之为"点心"），而且给有志于文学的青年作者提供发表习作的园地，使初出茅庐的年轻文学伙伴们有互相切磋的机会。抗战初期在上海开始学习写作的像我这一代人，想起"孤岛"时期那些文艺副刊，至今仍感到温馨亲切，充满思念感激之情。我和我

大地的脉息

的一些伙伴们，各借《浅草》一角之地，留下自己在文坛学步的足迹，恰如旧日在上海公园里散步的草坪，不知不觉留下自己青春的脚步。虽然副刊篇幅不大，一般是每天见报。早上报纸到手，首先寻觅当天的文艺副刊，常常是在同一园地内"以文会友"。今天依然孜孜不倦从事笔耕的旧交，当年是先看了彼此的文章，以后才逐渐结识的，说起来已是四十多年前的旧话了。

柯灵说过："争取洋商报纸成为抗战宣传阵地，是党创造的一个聪明的战略。"利用租界特殊地位，以洋商招牌为掩护，排除日伪的干扰，先后在几种报纸占领阵地，《大美报》文艺副刊《浅草》即为其中之一。该报原为英文报纸《大美晚报》（Shang-hai Evening Post）出版系统所属的一张华文日报，在爱多亚路外滩一座红砖楼房内。一九三九年十一月三十日，也是柯灵编辑的《大美报》副刊《茶话》版上，登出十二月一日创刊的《浅草》创刊预告要目，除了编者《献辞》以外，有丰子恺的散文《杀身成仁》，黎锦明的《著作生涯》和芦焚的短篇小说《祝福》。我们带着期待心情，等着与《浅草》见面。

《大美报》是对开的小型日报，《浅草》版面仅占六栏地位，下面两栏是影剧广告。刊头画是钱君匋设计的，极富有装饰意味，始终置于右上角，以后也没有变动过，久之仿佛成为一种"刊标"，一看便知道这是《浅草》。编者《献辞》有云："我们只想老老实实，下一点播种耕耘工夫。即或是无力的一耙一犁，仅能教瓦砾中开一朵野花，盘石下添一抹绿色，甚至是颓墙边抽几根荆莽，说明地下并不少蓬勃的生意。"为此"渴望前辈的栽培"，"愿作为一片小小的试验场"，欢迎新作者"撒下饱满的种子，走向成熟和收获"。

《献辞》阐明创刊宗旨，其实也可作为一篇优美散文来欣赏。我们那时都感到，编者是抒情散文的名家，又是讽刺杂文的高手，这就非常自然地形成《浅草》自己的编辑方针。如何耕耘这小小一角园地，在尺幅天地中透露"蓬勃的生意"，便成为许多青年读者共同注目的焦点，无疑这也是编者刻意经营的一个方向。《浅草》并没有使我们失望，还给我们带来不小的欢喜。在版面安排上，限于篇幅，只能以文字简短精练取胜，通常一二千字，短的只百余字，见于副刊的文题，一般不少于四五篇，这样在版面设计上便富有变化。间或刊以美术小品，如小幅木刻画，使副刊的文艺色彩更浓，也增加阅读兴趣。常设专栏和特辑，每每使读者耳目一新。倘有分量的长文，也不惜给以一定篇幅。时或发表短篇小说，分五六天刊毕，或排日刊登有连续性的散文。也有长篇连载，如芦焚（师陀）的《马兰》，像一条溶溶的长河流过《浅草》，几乎长达数月之久。尽管《浅草》的生命并不长，大约只有半年多光景，却自始至终弥漫着新鲜的青草香味，宛然自成格局。

从《浅草》发表过的全部篇目来看，占篇幅数量最多的首推散文，这似乎是中国报纸副刊的一个传统。这里所指的散文，包括抒情散文，讽刺杂文，小品随笔，书简序跋在内。老作家夏衍、于伶、王统照、丰子恺、王任叔、李健吾、许广平、适夷、唐弢、钟望阳、陈伯吹、罗洪、卢豫冬等，在《浅草》上纷纷发表新作。他们过去在上海从事抗日救亡文化活动，有的且是地下党的文艺领导，上海沦陷后被迫转移到内地开展革命文化活动，但依然给上海文艺界带来有力的声援。远在新加坡的郁达夫，特地寄来《南海短篇》，海外来鸿，弥觉珍贵，其意义又岂止是沟通信息而已。一九四〇年初，适夷在《寄给上海》一文中对上海文艺工作者寄以厚望，对上海青年的期望尤其殷切："这是一种比炮火连天的战场更残酷的试炼一个战士的地方，经得起这种试炼的战士，明天是属于他的！"上海作家们早先出现过一批匕首和投枪式的杂文，这时环境更加艰苦复杂，斗争也更为迂回曲折。毁堂（王任叔）发出了《重振杂文》的号召，要求作家们继承鲁迅杂文的光辉传统，发扬韧性战斗的精神。即从上述作者阵容和副刊面貌，不难看出在"盘石下"和"瓦砾中"的《浅草》，倾向性也是很明显的。

《浅草》引人注目的一个特色是刊登出于新手笔下的抒情散文。围绕这块园地的青年作者，较早的始于《文汇报》文艺副刊《世纪风》，在前辈作家的影响和指引之下，这一时期又找到习作的"试验场"，不约而同向《浅草》走来，自成一个作者群。芳草萋萋，绿荫成片。他们几乎都以写抒情散文为主，经常发表作品的有宛宛（黄裳）、坚卫（董鼎山）、刘以鬯、殷参、刘北汜、坦克（晓歌）、沈其佩（沈毓刚）等等。当时大概都是二十岁左右的学生，似乎在不同程度上接受何其芳、丽尼、陆蠡等著名散文家的影响，刻意求工，讲究遣词造句，探索诗的意境，追求文学语言的美。有些篇章难免失之于纤巧，然而不乏热情的火花，闪烁着青春华彩，乃至从"孤岛"上令人窒息的低气压中发出反抗的呼声，在沉沉暗夜中憧憬光明的未来。这一群刚刚步入文苑的青年作者多数居住上海，为数不多的作者远在革命根据地。例如殷参从延安辗转寄稿给《浅草》，郭小川从晋察冀寄来早期的诗作。我们甚至可看到像《延安底文艺工作》这样文章。副刊编者回忆这些来自"别一天地的、刚健清新的作品"，说："它们像星光、彩虹、火炬、号角，给'孤岛'的人们带来希望和力量。"

我于一九三九年初开始向《世纪风》投稿，先与编者通信，后通电话，为了一篇记述艾格尼丝·史沫特莱（Agnes Smedley）在皖南的稿件，约时会晤。记得是在一个寒冬夕暮，每一次进入戒备森严的文汇报馆，穿过铁丝网盘绕的厚实铁栅门，盘旋上楼，第一次同我所敬仰的《世纪风》编者柯灵同志会面，匆匆谈了一会有关稿件的事宜。文章不久就见报了。柯灵编《浅草》，我应邀写了组连续性散文《静悄悄的青弋江》，以后又有一篇分五天刊出的短篇小说《旅伴》，以及若干零星篇什，都是一些稚嫩的习作。有幸得到耕耘者的栽培，涉足《浅草》，对初学写作者当然是很兴奋的。我们青年时代的伙伴们，至今仍从事笔耕生涯的，偶或重逢话旧，感到年轻作者与年长编者之间的文字因缘有时竟长达数十年，由此建立的友谊，终其一生而不衰，这种忘年之交实在是很值得珍惜的。

文艺副刊的性质和篇幅决定了它宜于刊登散文，也有利于发表诗歌。《浅草》经常发表短诗，多次刊出《诗歌特辑》。我曾经保藏这个特辑的一页，郭小川早年的两首诗篇便发表在这一页特辑上。一首是《热河曲》，副题《忽然想起我的家》，篇末自注是在"热河事变七周年的第十天写于黄河岸"，即一九四〇年三月三日所作。另一首《骆驼商人挽歌》，副题《塞上草之三》，注明"三九年八月晋察冀草，四〇年三月抄改"。据说作者某次横渡黄河时，一束诗歌连同马褡子一齐被黄河之水卷走了，那两首诗篇原稿也消失于奔腾浪涛之中。从写作年月推算，《郭小川诗选》中最早的作品始于一九四二年五月，而以上两诗的写作时间则更早，我的存报得以弥补《诗选》中的缺漏，可谓幸事。我曾为文记之，将两诗的发表喻为从塞上移植而来的战地之花，意在说明《浅草》上确实绽开过真正的战斗之花，给困守"孤岛"的人们带来远方战斗者的信息。柯灵著文纪念逝去的诗人，便用《三十八年前一张旧报纸》为题，文中指出当时"上海早已和祖国大地隔绝"，因此来自战火纷飞的塞外的诗文有多么可贵。

文艺副刊应有自己的风格。如果套一句法国布封的名言"风格即人"，那么可否说，副刊风格即编者？这个风格渗透于整个副刊，包括许多专栏和特辑。《浅草》的《书市巡回》、《文化哨》和《作家书简》各栏都很有特色。在副刊一角，披载黑丁、端木蕻良、郁风发自香港的信札，看到战乱中作家一鳞半爪的动态，感到分外亲切。夏衍的《三月，桂林的戏剧季》是一篇通讯形式，分两期登载的长文。文中提及活跃在内地的许多著名戏剧家战斗风貌，这对于"孤岛"戏剧运动的发展，无疑是有推动作用的。

此外，《浅草》为贫瘠的"孤岛"文艺土壤添上一点生气，围绕一个中心，及时组织稿件，自成一个专辑，也不乏其例。譬如《关于民族文艺讨论》，执笔者有毁堂（王任叔）、风子（唐弢）和周木斋。又如《文学集林》发表卢生（王统照）作，近两万字的小说《新生》，副刊便以笔谈的形式展开讨论，发表仇如山（唐弢）的《天上·人间·心的探险》和辨微（周木斋）的《发掘》两文，从不同角度加以评析，加上编者按语，借以提倡文艺界自由讨论的气氛，也有助于促进小说创作。又如，卞之琳《慰劳信集》中的三首诗组成一个小辑，编者附志："这两年余来所见战时诗歌中，这似乎是一片草地铺的新天地。它歌颂战斗，寄托热情，对我们领导和支持抗战的一切人民，献出一个诗人的虔敬。它婉约、亲切、明快；然而是诗，没有口号。"编者对战时诗歌的观点是鲜明的，带有散文笔调的《按语》也颇耐读。类似这种编者的话，无异是沟通读者、作者和编者之间心灵的桥梁，我以为这正是《浅草》具有自己风格的一个重要因素。

作品一经发表便产生社会效果，文艺副刊与读者天天见面必然有其社会作用，都是时代的折光镜。蛰居"孤岛"的人们，身受物价飞涨的威胁，生活在水深火热之中，作家的收入尤其微薄。一九四○年三月下旬，仇如山（唐弢）首先发出《保障作家生活》，要求提高稿费的呼吁。随后古柏（钟望阳）又以《"作家的命运"和"作家的团结"》为题，指出"稿费在战后与战前恰为一与十之比……在上海每千字的排工已要一元五角了，而稿费却只有千字五角至八角，一元已算'蛮好'了"。作者语重心长地强调"作家要保障生活，非团结不可。作家向来是一盘散沙，今天应该团结起来了！对（待）文化剥削的（商）人以'文章罢工'，这是要团结的"。另一篇署名虞拾三的文章更是激昂地高呼"文章也要涨价了"，慨然发问："为什么在此时此地，'文章业'没有一个'同业公会'呢？"这实际上不仅是稿费问题，而是号召作家们团结起来进行抗争的一种公开示威了。这也是"孤岛"文艺界利用合法手段，向日伪展开斗争的一个侧面。副刊巧妙地完成这一任务。

在此期间，《浅草》发动了一场援助作家遗属的募捐运动，造成很大声势，也可见副刊所起的社会作用。现代著名作家叶紫的短篇小说集《丰收》曾由鲁迅作序，读者是熟悉的。叶紫不幸于一九三九年十月五日逝世。十一月十七日，叶紫夫人汤咏兰在香港《星岛日报》副刊《星座》发表一封信，信中"饱和着血泪的申诉"。《大公报》副刊《文艺》与《星座》同时刊出《为援助叶紫先生遗族募捐启事》，列名的有夏衍、艾芜、林林、立波……

以及两刊编者杨刚和戴望舒。《浅草》遥相呼应。编者在悼念叶紫文中说："不错，收拾了他年轻的生命也正是两位文人的熟客：穷和病。他到临死才抛下笔：一躺下却连一具棺木也没有。"又说，"叶紫先生遗族渴待的是同情，不是怜悯，而涸辙之鲋岂不更懂得彼此的甘苦？给先倒下的同伴伸一把援助的手，在我们正是义务。"不久即登出"援助叶紫先生遗族的响应"。同样，都被穷和病这两位常客所纠缠的文人很快作出回答，纷纷致函编者，愿以自己诗文的微薄稿酬移作赙仪，其中有林庚、李健吾和景宋（许广平）等数十位作者。景宋并在《忆叶紫先生》文中提及鲁迅在病中对叶紫患肺病时给予资助。一九四〇年初，《浅草》公布募金数字及捐款者全部名单，汇款由桂林夏衍转交叶紫家属，及至叶紫夫人的谢函发表时已是三月上旬了。为叶紫遗族捐金不足一百元，但影响是大的。倘若同作家要求提高稿费的呼声联系起来，则其意义尤其深长。我作为《浅草》的一个投稿者，也算是上述两事的参与者，不禁一再回味庄子那段名言，和那个温煦凄楚的故事："涸辙之鲋，相濡以沫，相煦以湿，不若相忘于江湖。"

《大美报》的主持者张似旭不幸被敌伪暗杀殉难，报纸停刊，《浅草》也随之告终。相隔不久，柯灵又在遍地荆棘中开辟另一个文艺副刊《草原》。从《浅草》到《草原》，刊名相互衔接，后者不妨视为前者的一种延续和发展，不难看出两者之间的内在联系。

中国报业史有这样特殊的篇页：同一报纸，副刊与新闻版的政治态度往往截然不同。政治上反动的报纸，副刊却是进步的。《草原》所属的《正言报》，编辑部中不少人原为《文汇报》班底。老板聘请名家编副刊，首先出于商业上的考虑。其次是借此为报纸装点门面，以示"开明"，用以拉拢读者。地下党领导的上海文艺界便采取打进去"占领地盘"的策略，在官办报纸上编我们自己的副刊。这一类副刊在一个特定时期内先后出现好几个。其中之一，便是《草原》。

《草原》发刊于一九四〇年九月二十日，一九四一年十二月五日停刊。

其间有一个短暂时期编辑易人，以及最后一个阶段老板另行派人接编以外，大部分时间由柯灵主持编务。发刊词《我们的声诉》长达二千余字，编者有感于"在这黑白混沌、乌烟瘴气的'孤岛'"，文艺界一片荒凉，恰如创刊时节是个萧飒的秋天。但是知识分子，尤其是文艺的爱好者和工作者，"对于民族的忠贞，渴求光明与真理的热诚"并不稍衰。他们"不肯投降世俗"，"他们还大量地分担时代的苦难"，他们不甘寂寞也不愿长久沉默下去，《草原》就在"这样环境和时日里发刊"了。《声诉》庄严宣称："真正的文艺总还有它提高人类情操的作用"，"推动时代的力量"，从而指出"文艺其实也是一种武器"。日报的副刊固然容纳不下较大的作品，但也有它的长处，篇幅虽小，可是天天出版，"适宜培养新的作者"，"可以迅速的反映现实，将大众的愤怒、欢喜和苦闷，诉诸读者"。这一段发刊词充分表达副刊的时代使命之后，呼吁"文艺界前辈的指导和扶植"，并热情召唤"青年友伴的合作"，共同"替文坛增加一点热闹，替抗战增加一分力量"。

同《浅草》比较起来，《草原》版面扩大了。先前从《浅草》上走过来的"青年友伴"，现在又有了一处可供驰骋的《草原》。过去经常在《浅草》挥笔作战的老作家们，相继又来到《草原》，跃马上阵，亮出宝刀。我们那时候感到最振奋的是，《草原》创刊不久，便看到前辈作家的特约稿，如叶圣陶的随笔两则：《人生观》《心》；巴金从重庆寄来的散文《先死者》和《在泸县的废墟上》；加上茅盾自鲁艺来函，所有这些宛如一股暖流注入读者心房里。此外，魏如晦（阿英）陆续撰刊《国难书话》，韩北屏、子冈、封禾子（凤子）等人寄自内地的散文，使副刊大为生色。连载的作品先有姚克的海外特稿《旅美杂记》，后有季孟（师陀）的中篇小说《无望村的馆主》，都不失为上乘之作。

一九四一年一月二十日，老作家唐弢以仇重的笔名发表了一篇颇有分量的文章：《暗夜棘路上的里程碑》，评述一九四○年这一年间"孤岛"的杂文和散文。作者长期寓居上海，又是著名的杂文作家和散文家，此文以行家的眼光作了概括简要的评析和介绍，立论颇具见地，文笔洗练洒脱。文章开端即勾出"黑暗和光明的交织，生死与存亡相搏"这样一个时代，上海虽处于暗夜里，"然而这暗夜是并不沉寂的。作为破坏旧生活的有战斗的散文，作为激发自尊心的有抒情的散文"。过去的一年，《浅草》提出过"重振杂文"的口号，"却终于整不起先前的人马"，"《浅草》停刊以后，杂文只剩下一块荒地"，"这情形一直到《草原》诞生，才又稍稍恢复过来，但《草原》贡献得较多的倒是散文这一面"。作者认为"此时此地的散文的任务"是"它带来战斗的精神，它带来胜利的笑声，激发我们的自尊心，蔑视丑恶，企望光明，使大家的意志更趋于坚决"。文中列举巴金主编的"文学丛刊"中几本优秀的散文集，如靳以的《雾及其他》，庄瑞源的《贝壳》，缪崇群的《夏虫集》，但"真可算作'孤岛'生活的收获的是王统照的《去来今》，陆蠡的《囚绿记》"，精辟地分析了各家的散文风格后，着重指出"他们同样地唱着时代之歌"。作者认为"杂志上的散文较为零落"，"可注意的倒是报纸的副刊"，充分肯定副刊上发表的大量散文。

《草原》不仅以发表抒情散文的作品取胜，同时兼及外国散文名作的介绍。其中最使人感到赏心悦目的是，卞之琳选译的西班牙阿左林的一组散文：《女主持》《金匠店》《记者》《老树》和《音乐大师》等六七篇，以显著地位陆续刊出。这些国外散文精品，在爱好散文的青年作者中激起很大反响。散文以外，《草原》又编印了几次《诗周集》，集中发表诗作和诗论，执笔者有许幸之、厂民、辛劳、白曙、锡金等。专辑中见于一九四二年二月的则有"一年间读物推荐"，皆系名家撰写的特约稿。略举以上栏目，便可看出《草原》和《浅草》作为文艺副刊是一脉相承的，但又更见开阔，版面也更为典雅大方。

然而，即使这样文艺性副刊，也不能在官方报纸继续编下去了。大约是一九四一年三月间，熟悉的《草原》版面忽呈异样感。一般读者自然不可能注意及之，但同行中很快就察觉它起了变化。一是副刊地位缩小了，且从上半版移至下半版，刊头锌版也换了一个；二是写稿的作者明显地更换了一批，阵容大变，天天发表大作的几个名字，他们的政治面貌是人所皆知的，也有几个面目不清的文人，《草原》似乎一夜之间被人霸占了。当时我是很感纳闷的。直至去冬，柯灵谈及当年一些幕后情况，这才恍然憬悟。原来，震惊中外的一九四一年一月六日"皖南事变"投下的政治阴影也笼罩在《草原》上。首先是报纸老板不断塞进稿子"要求"刊登，以后又借故派亲信来接编，对先前的编者"很客气地回头生意"，一纸公函"请另谋高就"，终于被解雇了。这就是《草原》最后几个月完全变样的原因。然而，正如柯灵在发刊词的最后一段所说："我们愿意做一粒地下的黑色的种子，因为中国正是一片广大无垠的原野，她永远生生不息，不可摧毁！"

《草原》换了编辑，版面也有变化，不过埋在地下的黑色种子，毕竟在中国大地上生机萌发，绵延成长。《浅草》和《草原》存在的时间都不长，现在隔着契阔的时空远远一瞥，四十余年前留在"孤岛"这两块文艺园地，如同两块遥远年代里的新垦地，在记忆中依然闪现着绿色生命的青春光影。

一九八三年四月

域外湖畔手记

六月二十三日

（石川屋。平取町。川汤硫磺山。屈斜路湖畔民宿。）

在别海町的石川屋，与陪同来此的北海道新闻社记者小笠原信之，度过安闲自在的三天。在马不停蹄的旅程中，这里好比一个驿站，难得有这样短暂的停留。石川屋旅客不多，陈设也不那么讲究，却自有一种恬静闲适的家庭气氛。披着宽舒的和服，席地坐在榻榻米上，凭着矮几整理笔记，给《北海道新闻》写旅记。小笠原从邻室进来，为我留下一帧日本旅舍生活的写真。

上午要离开这里，启程到阿依努族的一个小镇去。

我不由想起上一次到阿依努族聚居地平取町。

阿依努族是日本惟一的少数民族。据有关资料记载，约在六七千年前，早期的新石器时期，在日本列岛上就有来自东南亚的、阿依努族祖先的踪迹。后来逐渐迁居北海道一带，远至最北端的鄂霍次克海峡某些地区。我没有加以考据，此说确否待证。

其实一进入北海道，不只是在纪念馆里，走在街上，许多广告牌和形形色色的手工艺品，几乎处处都可感到这个古老民族的存在。抵扎幌后不久，六月一日上午，沿着太平洋边上的高速公路，到港口工业城市苫小牧，这个有二十万人口的现代化城市，早先是一片渺无人烟的荒野莽林，如今在城市

大地的脉息

建设中依然保存大自然的风貌。

那天下午驱车到平取町，果然别有一番景象。小街全是阿依努族人制作木雕手工艺品的商店，且有几户保留着家庭手工纺织作坊。阿族人的容貌近似我国新疆的维吾尔族。整个北海道有二万七千左右的阿依努族人，其中居住平取町的约二千人。我们下榻于阿族学者萱野茂家里。这里山麓下一幢精巧的新式楼屋，几乎拥有全部现代化的生活用具。而在他的住宅近旁，却陈列着一具猎熊的巨大木笼，另一边是一座阿族人早先住过的高脚草寮。萱野茂以研究本民族的历史传说和风土人情为己任，曾出版过十余种学术著作，自己集资建造一座小型的阿依努族文化资料馆，馆内收藏历年来苦心搜集的实物。诸如独木舟、渔猎用具、鹿皮缝制的衣服，各种原始的生活用品和生产资料，乃至用槐树皮刨花制成的怪异神器，共三百余件，宛然是阿族渔猎社会时期的一个缩影。

当天晚上和第二天清早，在萱野茂那间置有日本新式电器产品的书房里，围着取暖的石油炉，倾听这位举止文雅的阿族学者侃侃而谈。他只读过小学，靠着勤奋和毅力才取得今天的成就。阿依努族没有自己的文字，萱野茂便向本民族的高龄老人采风，记录阿语讲述的许多神话和民间故事，又用日语加以对译，在东京借助现代科学技术录制成册。不过他又感叹，近百年来日本政府开发北海道，把日本族的现代文明带到这块原始土地上，从此结束了传统的渔猎生活方式，渐渐和日本人同化了。学者的民族自尊心和社会发展的现实之间似乎颇有矛盾。对阿族后裔来说，这百余年的遽烈变迁，不啻是千年历史的飞越。而作为少数民族的悠久历史，又给日本列岛的文化发展，留下不可磨灭的痕迹，今天日本许多地名都源于阿依努族语，就是明显的例子。

上次在平取町只宿了一夜，这回第二次深入阿族部落，将是整整三天。日程表上那一小块方格内写的"湖畔民宿"，想必是一个饶有诗意的去处。离开石川屋时，忽然大雨滂沱。小笠原带了我们匆匆写成的最初几篇旅记，转道先回札幌。雨中坐了计程车到阿寒町，北海道新闻社钏路支社的日本朋友已在预定的乡村旅舍等侯。

这一带占地广袤，有几处著名的湖泊和活火山，皆属北海道阿寒国立公园管辖的自然环境保护区域之内。位于屈斜路湖畔的这家旅舍，全部用整条原木叠砌的建筑，犹如童话中的森林木屋。屋内的桌椅和柜台都是带树皮的木桩组成的。壁上装饰着长约丈许的大马哈鱼木板浮雕。几只鹿角耸起的鹿头，更增添了几分野趣。楼下有四个间隔的餐室，都是仿照阿依努族渔猎时期的摆设。楼上则是客房，但没有什么旅客。店主阿依努族人丰冈征则在接待我们时表示，这座旅舍是他的骄傲。我们将在这里度过一个晚上。

午后雨霁，丰冈带领我们出游。他有一条巨大槐树木凿成的独木舟，是他半年劳作的成果。坐在这条独木舟上，游弋于屈斜路湖。湖边温泉遍布，榛莽丛生。在雨后的残阳中，湖水更见幽深。云雾缭绕的山影呈珠贝色，天际一抹绯红的落日光，湖上一片绿色的寂静，一种漠然的荒凉，独木舟恍若驶向远古的岁月。

上岸后，弃舟登车，紧接着又到附近的川汤硫磺山。铅灰色的坡地上，游人络绎不绝。远远便闻到一股强烈的硫磺气味。踏着嶙嶙岣岣的乱石往前走，好像脚下的土地都是热的。山地上烟雾迷蒙，如同刚刚揭开盖子的大蒸汽锅，升腾的雾气在低空形成，灰白色氤氲。硫磺山高五百米，近处浓烟呈黄褐色。听说以前有多处火山口喷吐火焰，现在活火山似乎在地下喘息，石块缝隙都冒着热气，手指置于喷烟处，便熏上硫磺的怪味。

步行一匝，随即下山，仿佛身上还缠绕着硫磺山上的白烟。回旅舍后洗温泉，水质也含有硫磺，浴后身上滑腻腻的。稍事休息，店主便来邀请就餐。

晚餐设在旅舍中阿族传统布置的小间内。进门便是一个长方形沙坑，坑内烧着殷红的木炭，炭火上吊着一个铁锅，悬在木架上。木架的一端垂挂着一条熏黑的大马哈鱼干，像标本似的。沙坑四周铺着草席，其上覆盖着整张熊皮。店主夸口说，像这样典型的阿族人就餐的房舍，在北海道只此一家，在日本也独一无二，因此在全世界也找不到第二家云云。

我取出丰冈征则的名片，正面一侧印着他的头像。刚到这家旅舍时，骤然看见他的容貌，不知怎么立刻想起莎士比亚或者莫里哀的肖像。浓密的长发垂肩，修剪整齐的山羊胡须，宽宽的高鼻梁和深棕色的大眼睛，都使人产生一种错觉。只是他的肤色和毛发是黧黑的。他个子不高，但很壮硕。我猜度他约摸五十岁，不料他只有三十五岁。因为他多次到过中国，这三天就由他作向导。他给我的最初印象，起码也像一个戏剧人物，以后我有更多机会了解这个角色。

晚餐时他十分活跃。在座的有一个故意穿着破破烂烂，蓄着长发和胡须的瘦高个青年，长发上束着一条带子。我原先以为他也是阿族人，交谈中才知道他是从东京来的一个日本汽车司机，很像是一个日本的嬉皮士。另有两个三十余岁的日本妇女，自称是登山爱好者，可是她们的身份总使人难以捉摸。这三人与店主都混得很熟，似乎有某种特殊关系。我们围着沙坑四周盘膝而坐。炭火燃得很旺，沸腾的锅水冒着热气。吃的是萝卜丝拌大马哈鱼，吊锅涮鹿肉，黄白双色年糕，红豆饭，以及一些不知其名的野菜。店主夸赞，这是阿族人款待贵宾的"最好食品"，领情之余，只感到冰冻鹿肉实在很难消化。

晚餐后忙了一阵，特意招待我们在楼上看一部纪录片。我看影片不妨称之为丰冈征则划独木舟冒险航行记。虽然有不少阿族风土民俗的镜头，但影片的主角显然是丰冈自己。

晚十时就寝，在楼上一个大房间里。

六月二十四日

(摩周湖。"宇宙人"木屋。阿寒湖畔夜会和鹿宴。)

到北海道一个多月，今天是少有的晴朗日子。

上午十时许，丰冈陪同我们驱车游览摩周湖，阿寒国立公园三大名湖之一。摩周湖经常被雾霭笼罩，如同戴薄面纱的美女，隐隐约约的波光云影更显得她的神秘。

然而我们却遇上一个好天气。湖畔有三个展望台，游客如云，都因为能看到摩周湖的全景感到莫大喜悦。据告，闻名而来的各地旅游者，每年达二百万人。我们登临伸入湖面的展望台，凭栏眺望这个宁静的湖泊。

摩周湖以其湖水透明度达四十余米著称，水深二百一十米，湖面大概也不过一二平方公里。它确实迷人，在晴空之下如一面鹅蛋形的圆镜。在初夏山岚的怀抱里，湖水蓝得出奇，明澈凝寂，恍如一个透明的蓝色幻境。湖中有一座古城堡似的小山，名叫摩周岳，静静地俯临湖水，丝绸般的蓝色湖光遂更形柔媚。远处斜里岳山的积雪顶峰举目可见。人们伫立在湖畔，久久凝视，湖水沉静得令人屏息，仿佛渐渐被溶化在澄碧的湖水之中。传闻日本青年常为眷恋湖水而葬身水底，这在日本社会也可能是事实。

近午，带着一身幽蓝的湖光水影，汽车直达阿寒湖畔的阿依努族集镇。丰冈征则殷勤地引领我们进入他开设的"宇宙人"咖啡馆，在一条店面拥挤的热闹小街上。这座"宇宙人"的三层楼屋，造型怪诞奇特，且不说全部木结构建筑用的是整段巨木，连倾斜的不规则屋顶，都是粗大条木拼接而成。最惹人注目的是屋顶上竖着两个木轮，中间耸起一个奇形怪状的木架，两边对角各伸出一个长长的枝叉，似乎随时准备迎接宇宙人从天而降，又像是外天人留下的一个什么怪物。就整个而言，与其说是大胆的奇异构想，倒不如说更像孩子们胡乱堆垒的积木。

从一条铺着地毯的窄狭楼梯上去，二楼是一间小型咖啡室。室内即有钢琴、洋鼓和手风琴，又有来自中国的二胡、琵琶和三弦。每张桌子都是一段带树皮的厚实树桩，以示其野外情趣，不过桌旁深红或宝蓝的丝绒座椅倒是现代化的。沿街开着三扇玻璃窗，窗外阿族小镇的街景俱在眼前。

在窗前就座，慢慢啜饮着咖啡，当地阿依努族保存会理事长和副村长等多人相继来访，详谈阿族古老历史与大自然的神圣关系。他们对大自然顶礼膜拜，认为"自然界都是有生命的，一起生物都有生存的权利"，"人类和大自然是平等的"，凡此等等，还是让人类学家和有关学术机构去研究吧。休息时，共同商谈了三天活动项目的安排。

顺便说一下，被委托负责招待我们的丰冈征则。经过一番接触，对他的了解也就更多一些。此人神通广大，恐怕在阿族中也是不多的。他开设"宇宙人"咖啡馆，楼下铺面又兼营手工艺品，去年又在屈斜路湖畔建成一个森林旅舍。他不但自己有舟，而且还有一艘价值百万日元的摩托艇，当然还有自备汽车。他有一大堆孩子，一个憔悴不堪的妻子，雇佣了十余个店员。根据他在名片上的自我介绍，是个民间木雕艺术家，富有幻想的冒险家，能玩几种乐器，爱好钓鱼和旅行，足迹所至达三十余个国家。一度为竞选阿寒町町长大事宣传，在《朝日新闻》周刊登载整版的竞选广告，结果却落选了。实际上他是个商人。每次看到他夸夸其谈时露出狡黠的微笑，不由想到他在现实生活中，实在是个戏剧性的人物。

午后三时许，丰冈嘱咐他手下一个店员，把新购的摩托艇用车先载到湖边，随后又驾车送我们到汽艇的停泊处。摩托艇漆成漂亮的奶黄色和白色，可乘四人。

阿寒取自阿依努族地名，含有保护大自然不可破坏之意。这是一个周围二十六公里的火山湖，也是阿寒国立公园最大的一个湖。湖面有一些大小岛屿。摩托艇开足马力，高速前进。舷侧浪花飞溅，水珠扑面。丰冈说，船速越快越平稳，虽然不免有点逞能，他驾驶摩托艇的技术也确有一手。昨天刚坐过原始的独木舟，今天又坐上现代化的摩托艇，仿佛在人类历史长河中的一次遨游。

湖边时或闪过野藤缠绕的原始森林。枝茂叶繁的大树斜倚水面，黑魆魆的丛林深处，常有大熊和野鹿出没其间。在中央岛靠岸，参观了岛上的一个湖底野生植物展览馆。馆虽小而别致，专为保护本地特有的植物而设，这种重视科学研究的设施，是值得称道的。稍顷，坐摩托艇绕湖一周，在一处河道边登岸。此处距太平洋仅五十公里，阿寒湖通过这条河道可直达太平洋。

晚上八点半，应邀参加一个别开生面的夜会。

坡形小街的尽头处，有一座围着竹篱的宽大草棚，门前挂着刨花扎成的棍棒之类的神器，里面则是一个简陋的会场。我们被带领到舞台前的第一排落座。场子里闹哄哄的坐满了百余人，大部分是日本各地来的旅游者。后来我才知道这个阿族集镇生财有道，除了出售手工艺品制作以外，常以民族舞蹈招徕游客，每场演出都是出售门票的。

不过这一夜较为隆重，节目也较平时丰富一些。上台表演的都穿着民族服装，舞蹈歌唱的内容多半是模拟渔猎社会劳动和生活的情景，一般都较简单。我们中国客人最后被邀登台，一起参加祈求丰收年景的集体舞，在一片欢腾中结束了这半小时的演出。

这时门外空地上燃起一堆熊熊篝火，火光照耀着初夏之夜。小小广场上，挤挤挨挨的围着许多旅游者。为表示对中国客人的尊敬，阿族副村长亲自上场表演进山狩猎的刀舞，动作剽悍有力。另一个富有生活气息的驯马舞，也博得满场观众的笑声和掌声。舞蹈者的粗犷舞姿在火光中闪动，构成一个热烈奇诡的画面，晚会也推向高潮。

已是晚上十点多了，人散后，抬头只见广场上空满天星斗。在毗邻的一个现代化商场大厅里，还给我们准备了鹿肉夜宴。这是对远方来客的一次正式欢宴。由阿依努族民族学会名誉会长、德高望重的历史学家和作家、年近八十高龄的山本多助先生主持。进入大门，一字形排开的矮几摆满酒菜，而以烤鹿肉为压台。席间，还是那位多才多艺的副村长，唱了一支中国民歌《在那遥远的地方》。接着又用阿语歌唱《船歌》。歌词大意是："我们的船像风一样快，我的爸爸妈妈在等着我，摇吧，快快摇吧！"歌声似乎随着小船由远而近，又随着远去的船影徐徐消逝。演唱者音色深沉，曲调纯朴，感情浓厚，是我今夜听到的最动人的一支歌。十余人谈笑欢唱，频频祝酒，足足闹腾了两小时。

回到"宇宙人"木屋，三楼是店主的住家，有客房可供我们下榻，熄灯时将近午夜十二点。

六月二十五日

（阿依努族集镇小街。湖畔小景。阿寒岳山麓。）

昨日一整天和大半夜的活动，留下斑驳交错的印象，有如银幕上闪动纷繁的图像。吃了两片安眠药，直至半夜三点才蒙眬入睡。

早起，寂然无声。独自在二楼的咖啡座靠窗看了一会。窗外上坡的广场就是夜来围着篝火舞蹈的地方，这时行人寥落，店铺都还没有开始营业。"宇宙人"店内雇有一个日本姑娘，约摸十八九岁。她一早就在洗涤器皿，打扫店堂。她不只担任调制咖啡和冷饮的工作，还兼顾楼下的工艺品商店。晚上似乎还帮助丰冈一家做些杂务。不同于常见的日本姑娘，她衣着朴素，总是穿着连背带的毛蓝布长裤。头发剪得短短的，个子也不高。她沉默寡言，静静地、悄悄地，只管干她的活。我从侧面了解，她是从函馆还是别的地方招雇来的，店里供应膳宿，月薪不足十万日元，在日本属于低工资之列。有一次丰冈得意地说，他养活了十多个日本人，其中一个大概就是这个日本姑娘。我想她也许是一家境贫困的工读生，有一段值得令人同情的身世，可惜直到临走时还没有机会同她谈谈，甚至连她的名字都不知道。

出门在小街漫步，走到上坡的一条石凳坐了一会。这是一条平展的沥青路，一条长约百余米的坡道。道旁两侧，小店铺鳞次栉比。大抵都是二三层的低矮楼屋，店面窄小，楼上全是住家。所有店铺都摆得琳琅满目。为吸引旅游观光的顾客，不少店铺门前，坐着现场操作的阿族民间艺术家，在大段原木上雕刻一个长发如云的少女头像，或是一头叼着马哈鱼的大熊。民间艺人及其木雕作品，至此都成为一种商品的广告了。

我想起在北海道各地的旅途中，多次看到一对阿族老夫妇的全身木雕像。男的长髯垂胸，双目深邃，女的也是眉骨突出，口鼻宽大。尽管男女衣服式样不同，却又都穿着图案奇特的锦绣长袍，披着花饰坎肩。木雕人像有的高达两米，宛如巨型的出土木俑。阿寒湖畔这个集镇小街，既是阿族的一个聚居地，又是供日本旅游者猎奇的所在。

从小街信步走到湖畔的另一侧，这才发现面临碧波荡漾的港湾里，矗立着现代化旅馆和超级市场，设计新颖的住宅比比皆是。阿寒町居民八千人，其中七千五百人是日本人，阿族人仅占五百人而已。湖畔两边形成强烈的对照。日本人和国外旅客住在现代化区域内，阿族人的小街不过是供人观光的一个附属地。因此，当丰冈谈及阿族人今天最大的苦恼，是按照古老的渔猎社会生活幸福呢，还是生活在日本现代社会里幸福呢？这个问题，只能让生活本身作出回答了。对此，我们不便置辞。只是想，世界上任何民族，不论大小，都不能脱离滚滚向前的时代巨轮，更不能逆转历史的进程，这是毋庸置疑的。问题是大国如何正确对待本国处于弱小地位的少数民族，是尊重他们的历史文化，在人类大家庭里占有平等地位，还是对他们歧视、欺凌和迫害，这只能向其本国政府寻求答案了。我看到一张印刷极为精美的法文节目单，是当地阿族人组织起来到法国演出传统民间舞蹈时留下的，说明这个历史悠久的少数民族仍然有他们的活力。

上午十时，丰冈驾驶他的吉普车，陪我们参观阿寒町自然休养林区。环山汽车道的最后一段尚未修建竣工，只能穿越遍地荆莽的山径小道，从葛藤盘绕的密林中艰难地绕道前行，终于找到一条通往山顶的路。

在山巅的平台极目四顾，一眼发现我们昨天游览过的阿寒湖，如同嵌镶在万绿丛中一块晶莹的璞玉。阿寒岳共有两座山，相互并立，被称为"夫妻山"，雌阿寒岳是一座标高一千五百余米的活火山，山顶有湖泊，波平如镜，依稀可见。雄阿寒岳标高一千三百七十一米，是一座类似富士山一样美丽的死火山，满山覆盖着莽莽苍苍的原始森林。这两座相隔不远的山峰，远远看确实像一对天长地久的"老夫老妻"。人们往往将自然景色加以拟人化，给游人观赏山水胜景时增添想象的魅力，此又一例。

午后在"宇宙人"木屋前摄影留念。

晚上，银白长髯垂胸的山本多助老先生专诚来访，并携赠他的著作。他用日文写作，出版了十四本学术研究的专著。昨天我们去拜望过他，几乎难以相信，他栖身的那间小屋里竟产生那么多书。他说还想凑个整数，在他的余年再写出六本书。我们衷心祝愿他的计划全部实现。老人访问过中国少数民族地区，在他参观旅行时受到热情的接待。为此他在我们临别的前夜，特地又来看望我们，祝我们一路平安，祝日中友谊永世长存。

六月二十六日

（告别阿寒湖。）

随身行装已收拾完毕，上午出发去钏路市。

上车时，不免回首看了一眼那古怪的"宇宙人"木屋。早上，我走到楼下手工艺品店铺门前，那个文静的日本姑娘，坐在低矮的木板前，把许多嵌着木雕小熊头的领带别针，串联着阿族少女头像小木雕的钥匙圈，镶着有小鹿木饰的项链，细心地一件件摆成各种图案，然后拿出一本书来看，等待着顾客的光顾。

我在车上向她挥手告别。她报以温和的微笑，站起来迷惘地目送我们的汽车开走。街上许多阿族人纷纷围拢来，汽车开开停停，不一会，那带有阿族风土气息的小街落在汽车后面，转瞬间就在车轮扬起的灰土中消逝了。

一九八四年二月

风雨醉翁亭

幼时背诵欧阳修名篇《醉翁亭记》，辄为之神往。那四百来字的文章用了二十一个"也"字，那统率全文首句"环滁皆山也"的非凡笔力，那"醉翁之意不在酒，在乎山水之间也"成为生活语言中的常用典故，在在都使人心折。去秋我应邀首次到滁州，终于领略了一番文中历历如绘的琅琊山胜景，觉得这一片名山名水早被欧阳修写完，不知该从何处落笔。

想不到今年十月我又有滁州之行，以醉翁亭命名的首届散文节就在那里举行。不同于上次秋阳明丽，这次是秋雨连绵。同行的市委宣传部长举伞笑着说，《醉翁亭记》写尽琅琊山的四季景观，以及山间晨昏晦明的变化，惟独没有着笔于雨。这一"点评"使我憬然有所悟。

那天驱车出城，在琅琊古道下车步行。湿漉漉的宽阔青石板道长约二里许，道旁两侧，浓荫蔽空，如入苍黑色的幽寂之境，时或可见古栈道的车辙，使人想象遥远的岁月。行经一座绿苔斑斑的古老石桥，举首可见林木掩映的亭台楼阁，有一组苏州园林格局的建筑紧靠崖壁下，这就是传誉古今的醉翁亭所在地。

醉翁亭在宋朝初建时，其实不过是一座孤立的山亭。史载九百多年前，欧阳修被贬谪到滁州任太守，为琅琊山的秀丽景色所迷醉，在职约两年三个月时间，感怀时世，寄情山水，常登此山饮酒赋诗。琅琊古刹住持僧智仙同情欧阳修的境遇，尤钦佩他的文才，特在山腰佳胜处修筑一亭，以供太守歇脚饮酒。欧阳修时年仅四十，"自号曰醉翁"，即以此亭名为醉翁亭，其传世之作《醉翁亭记》盖出于此。

雨中走向醉翁亭，恍如进入古文中的空灵境界，有一种超越时空的幻异感。过了古桥，骤闻水声大作。原来连日多雨，山溪水势湍急，水花银亮飞溅。小溪流绕过一方形石池，池水清澈澄明，此即欧阳文中所说的"酿泉"。掬水试饮，清甜无比。不知道这立有碑刻的"酿泉"是否即太守酿酒之泉。

将近千年以来，沧海桑田，历经变迁，最早的醉翁亭只能存于欧文之中了。然而，山水犹在，古迹犹在，醉意犹在。人们是不愿《醉翁亭记》中抒情述怀的诗画美景在人间消失的。

想必是为了满足远道而来访古寻幽者的愿望，现在的醉翁亭发展为"九院七亭"，又称"醉翁九景"，都是历代根据欧文中的某些意境拓展兴建的，远非曩时"太守与客来饮于此"的山野孤亭可比。例如门楣上题着"山水之间"和"有亭翼然"这一类小院，其名皆取自欧文。这组建筑中，多半又以"醉"与"醒"为主体，后者如"醒园"和"解醒阁"，似乎欧阳修常常喝得烂醉如泥，非醒酒不可。其实未必如此，这位太守自己说得很明白，"饮少辄醉"，"颓乎其中者，太守醉也"，我看都是一种姿态。他的本意"在乎山水之间也"，即使带有一点醉眼蒙眬中看人生世相的意味，实际上他是十分清醒的。

今之醉翁亭位于正门的东院，是一座曲雅的飞檐亭阁。亭侧的巨石上刻着篆书的"醉翁亭"三个大字，碑石斜卧，宛然似呈醉态。斜风细雨，在亭内亭外徘徊良久，旋即到亭后的"二贤堂"。这"二贤"有几种说法，一种较为可信的说法是指欧阳修和苏东坡。这里有一座新塑的欧阳修高大立像。屋外漫步时，忽然觉得，有些古迹还是"虚"一些，回旋的余地大一些，更能激发思古之幽情，归根结底这也是爱国主义的感情，我如是想。

从"二贤堂"向西至"宝宋斋"，进入明建砖木结构的狭小平屋。屋内有两块青石古碑，嵌于墙垣之间，高逾七尺，宽约三尺。两碑正反面刻着苏东坡手书的《醉翁亭记》全文，每字足有三寸见方。"欧文苏字"，勒石为碑，稀世珍宝，何等名贵！然而在那灾难的十年间，竟有愚昧狂暴之徒以水泥涂抹古碑上，铁笔银钩，几不可辨。这两块巨型碑石，既是历史文明的见证，又是野蛮年代留下的印证。游人驻足而观，无不为之长叹。虽然近年来另建六角形仿古"碑亭"一座，将"宝宋斋"中的古碑加工拓印后另立碑石于此，然较之原件逊色多矣，成为永远无法弥补的缺憾了。

首届"醉翁亭散文节"开幕式的会场，设在碑亭后侧的解醒阁内。解醒阁是仿明代建筑，与醉翁亭各处一端，一醉一醒，遥相呼应。是日也，来自南北各地的散文同行们济济一堂，大有为散文事业扬眉吐气之概，是一次难得的盛会。有几位老朋友未能预期赴会，未免遗憾，会上相继发言时，我只管眺望廊檐外的雨景。琅琊山的层林幽谷，浓淡深浅多层次的绿色，在烟雨迷离中化为漫天绿雾，令人目迷神驰，酩酊欲醉。忽发奇想，这次冒雨游醉翁亭，上溯近千年，当人们追踪当年欧阳修在琅琊山与民同乐的游迹，岂不是介乎时醉时醒或半醉半醒之间，才能约略领悟其中的况味吗？

醉翁亭院墙外，迎面一片森森然的参天古木，树冠巨大如华盖，俯临着奔流不歇的山溪。据植物学家鉴定，这片榆树迄今只见于琅琊山上，人称"琅琊树"或"醉翁树"。我以其树名寓有纪念意义，随手采撷一片树叶带回来。

一九八五年十一月

搬家和搬书

　　我的一生大大小小搬家不下数十次，每次搬家最恼人最愁人的是搬书。对我来说，搬家主要是搬书。其实我的藏书并不多，但文学生涯数十载，少年时留连书市以迄于今，书报杂志日积月累逐年增多。平时分散屋内各处，倒也不觉得，搬家时集中起来，骤觉堆积如山，想不到杂七杂八的书刊竟有那么多。我每每被困于高高低低重重叠叠的书堆中，好半天兀自发愣。

　　每次搬家是对自己的书一次大清理，大变动，大检阅。在纵横交错的"书阵"里蹀躞，处处是繁花似锦的封面，千姿百态的开本，不由得目迷心荡，一时竟忘却了搬家的烦恼。

　　人们从自己的藏书中找到逝去岁月的留痕，斑斑驳驳的人生印记。在搬书时往往不经意发现某本书里夹着一朵旧日的玫瑰，一片作为书签的落叶，或者一纸有某种寓意的残句断章等等，诸如此类的小东西，足以令人低徊。早年读过的书，字里行间还留着红蓝画线，眉批或笺注，虽然稚嫩却很认真，这也可算是书海漫游的鳞爪吧。

　　书是忠实的朋友，忠贞不渝的伴侣，从你得到它的那一刻起，它便终生伴随你。如果你不背弃它，你喜欢的书是永远不会离开你的。在整理旧书时不免有些关于书的断想。例如被人借去或向人借来的书，由于种种原因不能书归原主，总是人生的一大憾事。我于是憬悟，好书是只能自己置备的，既不能向人求借，也不能借给他人。

只有在搬家时才感到书籍作为一种物体的真正重量。那些硬面精装本，其厚如砖，又大又沉，这样的书只能增加旅途的负担。平日唯恐书少，搬家时只恨书多。我很感谢历年来全国几家历史悠久的文学期刊按期寄赠，每期我都加以保藏，到了迁居时不得不忍痛处理。困难在于书刊的取舍，东翻西看，考虑一本书的去留往往犹豫再三。有一类旧书，年代藏之愈久便愈是难分难舍。时间培养感情，悠悠岁月赋予一本书以特殊的价值。譬如陈梦家编选的《新月诗选》，是我小学毕业时国文老师题签赠送的，这样的书不论多少次搬家，总是同我在一起的。

最难忘的一次搬家和搬书是七十年代初叶，我的一家经历了一次大迁徙，从福建省城"下放"到边远的闽北小山村。想到艰难的旅途，这次搬走的书非从严挑选不可，磨蹭数日还是狠不下心。须知那是在"文化大革命"后文化荒凉的年代，且不说我在小学时以全部储蓄订购的《世界文库》（郑振铎主编）何等可贵，即或一部普通的文学作品都视为珍本，一念及此，也就不管千里迢迢的山程和水路有多艰辛，最后把那一大批书统统装箱带走。

常常想起那一年夏夜挑书走山路的情景。初到山区时的落脚点在大队部，不久我的家又搬到七里地外的小山村。农忙时节几乎每夜到大队"抓革命、促生产"，会后用木棍或竹扁挑书，一小批一小批挑回山间小屋去。山径崎岖，崖边紧靠着喧哗的溪水，挑书夜行的艰苦自不待言。不过沉甸甸的挑担里，有不少是作者亲笔题签的赠书，此时似与友好故旧紧密相连，他们的作品化为温暖的友谊，鼓舞我在沉沉黑夜中前行。多亏这些累人的书，为我的山居日子带来了欢乐和希望，大大丰富了单调的农村生活。

现在我又将大部分的书运到上海旧筑。每次搬家发现藏书不仅没有减少，反而增多了，这几年更有满坑满谷之势。我的书与我一同度过患难岁月，给我以智慧和力量，理应生生死死同我厮守在一起。在我生长的土地上，在我家数代人住过的老屋里。

一九八六年八月

佳茗似佳人

中国的茶文化是一门高雅的学问，品茗乃韵事也。小时候爱喝家乡自制的桂花茶，只觉得甘芳好喝，不知品茶为何事。及长，烟与茶俱来，饮茶也只是因为烟吸多解渴而已。茶香似不及烟香诱人，尽管有烟瘾者是少不了要饮茶的。吸烟四十余年，现已戒绝五载，总觉若有所失，生活中减少了一大乐趣，这时候茶叶就显得分外重要，渐渐体会到苏东坡诗句"从来佳茗似佳人"的譬喻之妙。

中国的茶叶品种繁多，各取所需，不遑细述。三十年前初到福州时参观茶厂，进入门帘严严的窨制茉莉花茶工场，骤觉浓烈的花香袭人，几乎令人晕眩。福州花茶名扬海内外，确有其齿颊留香的独特风味。不过饮茶总以茶叶自身为上，一切形形色色花香窨制的茶叶，除茉莉花茶以外，余如玉兰花茶、玫瑰花茶、珠兰花茶、柚子花茶和玳玳花茶等等，虽然各有自己的香味和风韵，而茶叶的原味则大为减色。《群芳谱》载："上好细茶，忌用花香，反夺其味，是香片在茶中，实非上品也。然京、津、闽人皆嗜饮之。"至于摩洛哥等国家用中国绿茶加重糖和新鲜薄荷叶子煮而饮之，简直有点不可思议了。

我喜饮头春新绿，这是在清明前采撷焙制的绿茶。狮峰龙井或洞庭山碧螺春新茶当然是佳茗，然其上品殊为难得。五十年代在前辈作家靳以家里啜饮龙井新茶，沏茶饷客时，主人说这是方令孺特地从杭州托人捎来的。方是我敬仰的前辈女作家。当时只见茶盅的边缘上浮绕着翠碧的氤氲，清亮鲜绿的龙井茶叶片透出一种近乎乳香的茶韵。我慢慢啜饮，冲泡第二次时茶叶更加香醇飘逸，那堪称极品的龙井茶至今难忘。有时一杯茶可铭记一生。遗憾的是龙井茶泡饮三次后便淡而无味了。碧螺春比龙井耐泡，新茶上市时，饮碧螺春也是不可多得的美的享受。这两种茶叶倘若是真正的极品，历来售价奇昂，即或有那么一斤半斤，多半是用来馈赠亲友的。

入闽后，每年春茶登场，我倒是常有机会以较为廉宜的价格，从产地直接向茶农购得上好绿茶。绿茶不易保存，贮藏如不得法，时间稍久便失去色香味。因此新茶一到，最好不失时机地尝新。试想在春天的早晨，一杯滚水被细芽嫩叶的新茶染绿，玻璃杯里条索整齐的春茶载沉载浮，茶色碧绿澄清，茶味醇和鲜灵，茶香清幽悠远，品饮时顿感恬静闲适，可谓是一种极高的文化享受。面对绿莹莹的满怀春色，你感到名副其实是在饮春水了。

每一个饮春茶的早晨仿佛是入禅的时刻。

我总认为，福建的功夫茶才是真正的茶道，陆羽的《茶经》便对功夫茶有详尽的记述。到闽南一带做客时，主人辄以功夫茶奉客。烹治功夫茶，大有讲究；从茶具到泡茶品茶的整个过程便足以陶冶性情，更不用说那小盅里精灵似的浓酽茶汤了。尝见闽南一业余作者到省城修改剧本，随身携带小酒精炉烧开水，案头茶具齐备，改稿时照烹功夫茶不误，乍见为之惊叹。据说闽南有喝茶致穷者，也有饮茶醉倒者，可见爱茶之深。

日本茶道无疑是从古代中国的功夫茶传过去的。他们有一整套繁文缛节的茶道仪式，崇尚排场，近乎神圣了。在日本家庭里做客时，奉侍茶道就随便得多，也简单得多。不论繁简，茶道用磨研成粉末后泡制的浓茶总是苦涩的。不过细加品尝，确乎也有几分余甘足供回味。

旅闽岁月久长，尤其是这几年戒了香烟后，对半发酵的乌龙茶家族中的铁观音就更偏爱了。铁观音的魅力倒不在于乌润结实的外形，它的美妙之处是茶叶有天然兰花的馥郁奇香，温馨高雅，具有回味无穷的茶韵，是即所谓观音韵。

我的生活中赏心乐事之一，便是晨起一壶佳茗在手，举杯品饮，神清气爽。一天的写作也常常是从品茗开始的。最好是正宗的安溪超特级铁观音，琥珀色的茶汤入口清香甘洌，留在舌尖的茶韵散布四肢百骸，通体舒泰。此时以佳茗喻佳人愈见贴切，铁观音真是丽质天生、超凡脱俗、情意绵长、并世无双了。

今春从香港带来台湾产的铁观音，取名"玉露"。湖绿色的圆茶罐，用墨蓝的棉纸包裹，衬以带着白斑点的鹅黄色夹层纸，外面的白色包装纸上是明人唐寅的山水小品，古趣盎然。文字部分力求雅致，说"冲泡与享用佳茗，是一种由技术而艺术、艺术而晋至一种奇妙境界的历程，贯穿这个历程的基本哲理在得一个'静'字"。这段文字深得广告术之三昧，别具匠心。开罐泡饮，茶汤呈嫩绿色，茶味中依稀也有几分观音韵。奈何橘枳有别，总不如得天独厚在安溪本土出产的铁观音味道纯正。据说在台湾类似的铁观音茶叶很多，有一种叫"春之韵"的，这一芳名庶几配得上佳人之称。

"从来佳茗似佳人"，确是千古绝唱，此生若能常与佳茗为伴，则于愿足矣。

一九八九年十月

佳茗似佳人

陀螺和巧克力

三十年前，一阵狂热的旋风卷走了我的家，尘埃落定，我已来到苍老的古城福州。那时从上海到福州的直达火车，通车才不过一个月，刚建成的简陋车站空荡荡的。这个火车站，在我的人生逆旅中，既是一个终点站，又是一个起点站。

我从未想到在盛年时远适异乡，不知该如何书写今后的人生篇章，只感到一片茫然。省城的四郊山峦环绕，宛如绿色的屏障重重叠叠地围在四周，令人视野狭窄，似乎这一进来就永远出不去了。

那一年福州的雨季很长，到处湿漉漉的、灰蒙蒙的、阴沉沉的。整个世界有点模糊。初到这座充满南国情调的古城，自有一种新鲜感，此时却被连绵的黄梅雨抹去了。只有铅灰色天空的浓重阴影，沉甸甸笼罩在我的心头。

入闽后，早就有所风闻，由于某些人以其昏昏造成的"战线太长"，我们远道而来参与筹建的那个厂，实际上面临撤销或所谓"下马"的难堪局面。这种忽热忽冷忽上忽下忽左忽右的形势，涉及多少人的命运，是谁也不会去想的。

有一天久雨初晴，我偶然路过厂址的一处建筑工地，一眼瞥见停工的荒地上，东一堆西一堆纵横交错地堆积着砖瓦钢筋和木材。一幅破碎杂乱的景象，看了使人心烦意乱。

在工地背后的青石板道上，忽然响起一阵孩子们的欢呼。他们正在享受着漫长雨季里难得的一个晴天。福州没有季节分明的春天，有太阳的日子便是炎夏天气。孩子们捋起衣袖，光着膀子，在闪耀的阳光下玩得兴高采烈。

他们在玩陀螺，我小时候也玩过的，用一条绳索缠紧一个木质的锥形物体，然后举起来用力将绳索一抽，旋起一圈炫目的光轮，带来一片欢乐的笑声。在那个岁月，那样环境里的儿童，不可能指望时新的玩具，机器人和电子游戏机之类更是闻所未闻。于是女孩子们就去跳猴筋，男孩子们经常是自己动手做刀枪。

我知道，我的小儿子有一双灵巧的小手。他如果做一柄弹弓，一个风筝或一把手枪，都是很认真很细心的。他那种全神贯注一本正经的模样，每每引我驻足旁观，并为之赞叹。我想，赢得小家伙们雀跃欢叫的这个陀螺，也是他最新的劳动成果吧，那一年他刚刚上小学一年级。

雨后的工地，到处是坑坑洼洼的泥潭。果然我的小儿子也在那里。他的小腿上泥浆斑斑，汗湿的脸上身上也是泥巴，全是个淘气的小顽童。我顿时火冒三丈，狠狠地打了他一记耳光，没收了他辛辛苦苦做成的陀螺，猛地举手一掷，掷得远远的无影无踪。

在突然袭击下，我的儿子愕然了。在我面前，他是毫无抵力的，一个幼小的弱者。他的肮脏的小手捂着挨揍的脸，泪水沿着沾满泥巴的脸滴下来，旋即转身飞快回家去。霎时间，以他为中心的小伙伴悄悄地散去了。

只有我一个人漠然站在荒凉的工地上。愣了一会儿，才从昏眩中清醒过来。我后悔自己的粗暴行为。我的掌心还隐隐发热，想必孩子的脸上还留着被我掴颊的红红印痕。平时我是极力反对体罚儿童的，甚至不能忍受别人责打孩子。这一回我竟然这样暴虐地对待稚嫩的儿子，这究竟是为了什么呢？倘若说，我的命运多舛连自己都难以掌握，那么孩子又有什么过错呢？

我并非不知道，游戏是儿童的天性，玩具是童年的天使。在艰难困苦的岁月里，我没有可能给孩子们买什么玩具，反而专横地剥夺了儿子用一刀一凿精心做成的陀螺。他那个陀螺，岂不是金色童年的一个小小标志吗？不幸在我的扼杀下，悲哀地被消灭了。该惩罚的不是他，应该是我。

后来我也想设法寻找那个不知去向的陀螺，对儿子说这全是我的过失，鼓励他动手再做一个，陪同他一起打陀螺，找回陀螺飞旋时的欢乐时光，这样也许可减轻我精神上的重荷。然而他只是天真地微笑着，不再对陀螺感兴趣，仿佛从来没有发生过什么不愉快的事。没有责怪，毫无怨恨，我还有什么可说呢？

大约过了不久，一个上午，我枯坐在窗下的书桌前，怔怔地望着窗外出神。不知什么时候，小儿子站在桌旁。他那张叫人喜欢的小脸，稍稍高出桌面，乌黑发亮的大眼睛看着我，对我分外亲热。忽然他从口袋里掏出一个小纸包，说是给我礼物，这一天是我的生日。打开纸包，一块锡纸包装的上海巧克力糖奇迹般闪现在我眼前。

这意外的赠予几乎难以置信。

当时正处于人为灾害和自然灾害并存的困难时期。由于严重的匮乏和饥馑，粮食就更为珍贵。每天饭桌上，我最怕接触孩子们饥饿的目光，当他们端起浅浅的饭碗，没有吃饱的时候。我于是想到德国版画家凯绥·珂勒惠支那幅名作：画面上，母亲俯视着绕膝的孩子嗷嗷待哺，悲悯哀戚，无可名状。

我的小儿子送给我一块巧克力。

约摸三个多月前，从上海带来了几块巧克力糖，就给孩子们分而食之。在灾荒的年头，这可真是一种奢侈品了。尤其是对一个经常食不饱肚的学龄儿童，巧克力的美味和营养价值自不待言。而他宁可自己不吃，将属于他的一份，存藏了数月之久，然后作为礼物赠给我。

我大为震惊，深深感动了。这块巧克力有无瑕的童稚之情，有纯真的赤子之心，还有超乎常情的坚毅意志。它对我是不同寻常的赠予，我是不忍心收下的，却更难推辞。于是那失去的陀螺毫不留情地在我的记忆中旋转起来，使我无地自容。陀螺和巧克力，形成多么鲜明的对比，多么强烈的反差!

近年来我蛰居沪滨旧筑，从回忆中捕捉已逝的岁月。遥想闽都，这数年间奋力摆脱了旧时的贫困，正在加快塑造自己的时代形象，是大可欣慰的。

榕城三十年，我失去的和我拥有的，皆毋庸细说了。惟有这陀螺和巧克力，恰如我的人生长卷中两个难忘的细节，至今依然埋在我的记忆深处。

我也几次想对儿子重提旧事，以期沟通心灵，但终于没有这样的机会。他早已过了而立之年，如今东渡扶桑也数易春秋，他孩提时的这两件小事，与岁月一同流逝久远，很可能全然忘却了。纵或提及，猜想他也是毫不介怀，只报我以迷惑不解的微笑，而我又不能永远默然下去。环顾苍穹尘世，我惟有诉诸笔端，借以自审和自省而已。

一九九〇年五月

《老屋梦回》序

我将这几年来所作的散文编成一集的时候，常常伴随着老屋的旧梦。

老屋筑于繁华市区的小巷深处，是一排并列相连的二层楼屋的一栋。早年这一街区寂静得近乎荒凉，后来逐渐发展为闹市。数年间，近傍又多了几座悬崖峭壁似的凌云高楼，老屋局处一隅，就像蜷缩在低谷的茅庐。

这类建筑，在三十年代上海称作新式弄堂房子。它没有钢窗钢筋的洋房气派，一般是砖木结构，既有别于老式"石库门"房子的沉闷格局，又保留了上海人熟悉的二层阁假三层之类，当然还有亭子间。

这所谓亭子间在楼梯的拐角处，位于"灶披间"即厨房的楼上，经常油烟弥漫。窗口总是朝向西北的，室内阴暗湫隘，同"亭子"毫无关系。亭子间这一俗称的由来，我至今不得其解。

不知为什么，许多读者将上海亭子间与旧社会穷文人的革命加恋爱连在一起，竟成为很浪漫的、有怀旧情调的去处了。去年，一位著名的台湾女作家，我的小同乡，在上海访问时曾表示，有意觅居一间亭子间，体验一番"亭子间作家"的生活云云。她不知道，她所憧憬和向往的那种亭子间，实际上只存在于三十年代或二十年代旧上海的。

我的青春时代倒是在亭子间里度过的。从初中到大学，直至投身社会，许多年来，亭子间一直是我的栖身之所。当年不少同学和文友曾是我斗室里的常客，谈理想，谈人生，谈爱情，谈天说地，无所不谈，生命的花季自有谈不完的热烈话题。不久前，一位寓居京华的老朋友，特地到我的老屋来向亭子间"叙旧情"。照他的说法，这亭子间是我青年时代的"背景"，只是在这"背景"里，我们的青春梦影都黯淡了。

"浮生若梦"未免失之虚妄，为强者所不取，也是革命人生所不为的。但每个人绝不可能不做梦，一个人的一生有多少重重叠叠深深浅浅的无数梦境！我在亭子间里自然也做了很多梦。美梦，噩梦，白日梦，长夜惊梦，绮丽的爱之梦，寻求和失落的梦，幸福的遥远的梦，痛苦的现实的梦，所有这些都是青春旧梦。在民族灾难深重的抗战年代，亭子间小天地里的青春的梦，注定是支离破碎要幻灭的。

我的文学生涯就是在老屋里开端的。第一次投稿，第一次发表文章，第一次领到稿费，第一次编集出版，诸如此类，人生的许多第一次，回忆起来都像是在依稀的梦里。亭子间，是我最早耕作自己文学园地的所在。

岁月匆匆，流年似水，现在我又回到了筑于半个多世纪以前的老屋。其实有许多年我已经离开得很远了，渐渐习惯于那个走向开放和繁荣的古城，那里也有我的炽热追求和梦境。仅仅出于某种自然的安排，我又回来了，老屋老矣，早已超过原定的建筑使用期限，虽经修葺，时或不免屋漏积水，但旧日的梁架依然坚固好歹支撑着还能过若干年。

我就是在这样"背景"里动手编这本散文集的。

现在出版业不景气，出书常须附加若干条件，令作者望而生畏。与其席地摆书摊看人脸色，或挑书到处兜售受人奚落，不如将已发表的篇什统统束之高阁。也是有缘，天津百花文艺出版社董延梅同志不忘其旧，复经郑法青同志和范希文同志的大力支持，决定出版我数年来未结集的一本散文书稿。我自然深表感谢，心情也颇复杂，终于在盛夏的日子里挥汗编成此书。

全书按内容排列，各篇时间顺序略有参差。书中有这些年来我的屐痕苔印，有怀人忆旧之作，也有散文杂谈、文苑旧话、应约而写的报刊祝辞，以及为友人的散文集所写的序言之类。个别篇章改改题，不赘述。因为这本集子大部分是我往返于申城与榕城之间所作，与我的老屋又有千丝万缕的牵系，乃取《老屋梦回》为书名，不亦宜乎？

老屋像历经沧桑的老者，屋前的绿色小院则是一片烂漫。小院同志遭受劫难，一度是满目荒芜凋零。整修后，我和小儿子一起壅土栽培。一株亭亭玉立的广玉兰，越年就高出邻屋墙垣。一丛翠竹摇曳多姿，招来清风疏影。紫荆先开花后长叶，叶子呈心形，枝头像缀满嫩绿的心。四壁的英国爬山虎，藤蔓茁壮厚实，小院遂布满浓绿。阶前数丛红黄相间的月季，花开甚盛，劳生之余，在屋前小坐，静观这满院的绿色生命，自有一种恬澹宁静的境界。在新建的重重高楼压迫下，我在院子里见到的，只有被挤成一小块的天空，却也未能心如止水，常常遐想天边外的风景。

小院墙外是邻舍的一角园林，浓荫蔽天，一清早就听见鸟雀啁啾，这是黎明的前奏曲。有一只鸟儿，不知是画眉或黄鹂，或是别的善歌的鸣禽，它唱起来呖呖嗁哢，清越嘹亮，每每令人侧耳谛听。有人说它是从笼子里飞出来，自由自在地栖息在大树高枝上的。它的嗁鸣，在尘嚣繁杂的市廛中，真是不可多得的天然音韵。

我还是摒除前尘旧梦，赶快收笔写完这篇序文，且听自然界的清音。

一九九〇年七月十一日
一九九一年七月三十一日改定

水仙花为谁而开

——遥寄冯亦代

亦代兄：

羊年岁首，向你拜年，遥祝身体健康。

元月上旬还在香港时，忽然从上海打来的长途电话中，惊悉安娜夫人不幸去世，一时愕然，难以接受这突如其来的噩耗。返沪后在一堆积压的函件书刊中，有你和安娜共同具名的贺年片，还有你给我的一封信，信末有"安娜附笔问候"字样，这都是在年前付邮的，我看到时已经迟了。远行归来，行装甫卸，不久收到的却是一纸郑容同志（安娜）的讣告，为之泫然。

我在入闽岁月里得以与水仙花结缘。这几年虽寓居申城老屋，也常托朋友在福建漳州圆山脚下的花乡，选购一些名种水仙花赠人。我却不知道安娜那么喜欢水仙花。去春，你特意写信告我，并为文提及，说是安娜把几盆水仙花搬进搬出，经常换水照阳光，细心照料，就像对稚嫩幼小的孩子一样宠爱。

我想象，在你们的听风楼里，安娜在勤于译作和忙于操持家务的间隙，带着一种期待的喜悦，将水仙球培养成鲜灵多姿的水仙花。在冬日阳光下，当葱翠绿叶擎起清雅高洁的黄蕊白花，与老太太的满头白发相互辉映，满室生气盎然。这时你在一旁以欣赏的神情静静地看着她和她的花，盛开的水仙花映照着你们两位的幸福晚年，那情景是很动人的。

前几天在报上读了君维所作《默默奉献的安娜》，不觉思绪万千，怅然不已。你我相交逾四十五年之久，那时你常同我们这些二十多岁的年轻朋友在一起，彼此都是业余从事文字工作的，如李君维、董鼎山、吴承惠和已故的女记者朱树兰等。董鼎山则已赴美留学去了。我们在你召集下，每周相聚一两次，那是一段欢乐的青春时光，你是我们的兄长，你的热情豪爽形成我们中间的凝聚力。虽然我们都和安娜相熟，但她很少参加我们谈笑风生的茶叙。在我的印象中，安娜似乎不喜欢参加社交活动，不习惯在人多的场合抛头露面，不愿将时间用于工作和家庭以外。

我是第一次知道安娜曾任宋庆龄的秘书。当年也偶有所闻，共和国成立之初，安娜作为一名出色的英语翻译，多次随同我国的高层领导出国访问。其时你们举家北上，政治热情高涨，全心全意想为国为民出力。岂知横遭逆风暴雨，一度境遇坎坷。一九六三年春初，我到北京参加中国作协和《人民日报》文艺部联合举办的报告文学座谈会，会后你特地到新侨饭店来找我，同到你那个门庭冷落的家。安娜迎上来，从容安详，在她温和地微笑的脸上，我读到一种坚毅的神色。她随着你经受了精神上的重荷而不为所屈，我是怀有敬意的。那是在艰难的岁月里，而在你的陋室内那次家宴充满了温馨亲切，令我至今难忘。

后来我又多次到北京，一九八四年岁末召开第四次全国作代会，大家都兴高采烈。某日休会，你兴致勃勃地邀约赵家璧同志和我在你已迁居的听风楼晚餐。安娜从另一间屋内出来，瘦瘦矮矮的，一位慈祥和蔼的老太太，腰系深色围裙，戴着深色袖套，还架着一副老花眼镜，不知她是刚放下菜勺还是钢笔。她常常就是这样一身朴素的衣着。像她为人一样朴素。她的晚年，一头在厨房，另一头在书桌上。你们老两口各据一桌，共同从事美国现代文学的译作，出版了多种美国小说的译本，其中安娜以郑之岱的笔名和你合译的便有四种。你曾对我说："她的英文比我好！"这是你的由衷之言，只有你最了解她。

安娜就这样默默奉献了她的一生，走完了她的庄严肃穆的人生之路。我想，大名鼎鼎的知识分子固然应该受到尊敬，默默无闻的优秀的中国知识分子也是不应该被忘记的。

去年秋天在福州小住，一位同事主动问我，拟赠多少水仙花球给北京的好友，可由他全部办妥并邮寄。不料事与愿违，辗转延误，费了好大的周折，你才取得两枚，来信说不知该如何处理，我为此深感不安。我也想设法补寄，或是来年多寄早寄，与其托人不如自己直接邮寄，然而爱花人已去，纵有多少水仙花，也已经太迟了。这将是我永远无法弥补的遗憾。从今你的水仙花为谁而开？罢了，罢了，我最好还是不提。

亦代，多次提笔想给你写信，每每又废然掷笔，不知该说些什么好。此时此刻，一切慰问的话都显得如此无力。我惟有借此寸笺，对远居京华的老友，遥寄我的深深思念。愿多保重！多保重！

一九九一年二月二十九日

水仙花为谁而开——遥寄冯亦代

宁化印象

一九九一年十月八日星期二

多次到福建省三明市。三明是我在八闽大地的人生旅途中多次逗留的驿站，留下重叠的履迹，充满了缱绻难忘的回忆。阔别五年，此次旧地重游，系应邀列席华东地市报纸副刊会议。昨天一早从上海乘火车到三明，才知道本次年会同时举行文学笔会。

日程表安排得很满，意外的是主办单位《三明日报》将会议先移至宁化召开。旅闽三十年，宁化是早就闻名的，却从未到过。在三明市旧城区所在的三元饭店下榻一宵，今晨八点，与会的同志乘车，风尘滚滚径向著名的革命老区宁化进发。

宁化地处武夷山东麓，毗邻江西省，早年属中央苏区的一个重要组成部分。毛泽东作于一九三〇的诗篇《如梦令·元旦》有云："宁化、清流、归化，路隘林深苔滑。今日向何方，直指武夷山下。山下山下，风展红旗如画。"当时全县人口十三万，约有一万三千余人参加红军，占十分之一，其后并组成三千人队伍，从宁化境内出发，参加红军二万五千里长征，宁化在中国革命历史中有其光辉的篇章。

五十年代后期，我初到福建，听说老区人民在峥嵘的岁月里牺牲极大，多年来却总是未能摆脱贫穷落后的困境，人们常为之愀然于心。新时期以来，宁化加强经济建设，不再属"脱贫户"之列，诚然是大可欣慰的，这就更想亲眼看看宁化的新景象。

车经明溪与清流，于中午十二点抵宁化县城。车过处，一眼瞥见广场上屹立着"扬州八怪"之一，宁化人黄慎的石雕立像。石像高六米，底座三米，仰脸手捋长髯，袍襟飘然而垂，形象生动，造型典雅。这座巍然高耸的石像，给小县城带来一种文化气息。

古老的山城地形偏僻，交通不便，大概很少有如此规模的组团来访者，下车后受到热烈隆重的欢迎。住在新落成的客家宾馆，建筑外形有新意，内部装修也较新式。窗外一片新建的楼宇，店铺鳞次栉比，市街整洁，显然是改革开放的大潮冲刷了小县城的旧貌。

宁化县委设晚宴款待全体来宾。餐厅服务员客家小姐，身穿剪裁入时红黑相间的套装，站在门侧两边迎候，亭亭玉立，风姿绰约，举止温文有礼，笑语轻柔。这种礼遇，根据我的经历，多见于小城宾馆，在大城市是少见了。

入席时已有好心人提示，本地特产糯米酒甜香醇厚，色白如奶液，极易入口，但"后劲"甚足，切忌过量。席上置有大红色的客家菜单，菜肴风味独特。"别锅鱼片"乃特色菜之一，用略加醋渍的鲜活生鱼片制成，不同于日本生鱼片排成一列，口味也不一样。主人笑说，宁化有名的二大干，辣椒干与老鼠干，后者取入冬后较肥壮的田鼠，经烟熏风干而成，用以炒食，"味道极为鲜美"，因季节未到，不能饷客品尝云云。这道菜闻名已久，如果真的烹调上桌，能否鼓起勇气下箸，实在很难说。外省来的女客乍一听为之愕然。

晚餐后，乘车上街观看宁化夜景，作为游览项目之一，不免有几分疑惑。及至临街远眺，只见楼台屋宇镶挂着璎珞般成串的彩灯，颇为惊喜。在翠桥畔停车，夜幕下的幽幽水面，灯影闪烁，波光迷离，山城秋夜别有一番景致。谁能想象，昔年这一带是"路隘林深苔滑"之地。宁化又名翠城，站在翠桥上，很有感触。

归后，宾馆放映宁化的录像片，形象地记录了古老山城的地理环境和人文自然景观，以及今日宁化的风貌。

十月九日星期三

一早驱车出发，车行二十八公里，来到新开发的天鹅洞群风景区，此系福建省级的旅游景点之一。天鹅洞取其山形酷似天鹅，洞内钟乳石洁白如天鹅，故名。路口有一座天鹅展翅的雕塑，高耸入云，直冲蓝天。

天鹅洞群与众不同的是溶洞为纵深型而非横向型。此洞是偶然发现的，据专家考证，还有佳境尚待发现。我们先拾级登山，由山上高处入洞，随着溶洞的水平厅堂式和垂直分层式，盘旋而下。

据介绍，洞内纵深五公里，高六十米，进出口高差四十八米，分上中下三层，七个"大厅"，四十九个景点。在不同方位的彩色灯光照射映衬之下，剔透玲珑的钟乳石更形奇诡幻异，不同角度闪耀着不同的瑰丽景观，在想象中呈现天上人间千姿百态，大自然真是何等神奇！在洞内四十米高处一泻而下形似"瀑布"的岩壁前留影，一路上由导游小姐热情周到地陪同解说。一个多小时，只感到大洞套小洞，洞中有洞，真个是别有洞天的洞群世界。

在休息厅从命题字，写了"天鹅灵洞，人间一绝"。

下午参观城外二十公里的石碧村。我们被引进张氏家庙"追远堂"。深宅大院内早已摆下长桌条凳，呈凹字形，像举行盛大的茶会。就座后，听了关于"客家祖地"石碧的介绍。原来石碧旧名石壁，唐末中原战乱频仍，大批汉人迁徙南下，聚居于此，繁衍生息数百年，又陆续辗转迁往异国他乡。现居海外的客家后裔约六千万人，石碧遂有"客家摇篮"之称。言者引史据典，畅谈勇于开拓、艰苦创业、爱国爱乡的"客家精神"。

此时好客的客家人，以"客家酒"亦即糯米酒招待，并款以擂茶。这里的擂茶与他处大有差别，系用花生、毛豆、绿豆、肉丁、桂花、地瓜和粉

大地的脉息

干等煮成一锅，分盛小碗食之。虽说内有茶碎，但毫无茶味，属于一种咸味汤点。这种什锦"擂茶"应是当地的民俗，是用以侍奉远道贵客的。

介绍完毕，天色垂暮，没有时间观光一下石壁古址和民居习俗，便登车返回住处，公路上已暮霭四起了。

十月十日星期四

今天是在宁化的第三天，下午即将离去。

上午赶早出发，相继参观了宁化县城区的经济建设和文化教育设施十余处，其中如林业科技中心、羽绒服装厂和宁化一中等都筑有六层以上的高楼，可见市容一斑。宁化一中校长出身语文教师，进门便告我，他在授课中曾教过拙文，可谓有文字因缘，见面后感到很亲切。整个上午，所经路线每一处皆以时分计算，不断上车下车，大有看遍宁化全县之概。

最后一程特意下车步行。这里是为了绿化县城开掘的一条溪水，水边垂柳披拂，绿荫婆娑。桥下石凳有浣衣妇的背影，宛然构成一幅村野小景。这一段城区名曰"小桥流水人家"，颇具雅趣。小溪下游的改造工程正在加紧进行，不久后当是一个完整的景点。

上午太累，午休反而不能成寐。下午二点钟启程离开宁化，车过县境入口处的黄慎石像下，又举目仰视一番。宁化县正如别的老根据地一样，在艰辛困难的岁月里，是人民写下了一部可歌可泣的史册。老百姓为国家作出的巨大贡献是不可磨灭的。设若在通衢大道，凿石为碑，将宁化人民的献身精神和革命历史镌刻于石碑上，必将气象不凡，其意义当不仅是美化环境而已。

一九九一年十二月一日

宁化印象

171

在巴金家拜年

今年春来早，大年初一便是立春了，早上出门去拜年，沐浴在满街辉耀的阳光里。岁交春是个吉祥瑞和的日子，预示这一年的福祉和丰硕的年景。

当我住在上海的时候，有几年我和老友徐开垒相约同去拜年，一是巴金家，一是柯灵家。这两位都是我们尊敬的，相识多年的前辈作家。我多次到他们两家的客厅里，坐一会也是一种幸福。

但是两老年事已高，对高龄的老作家来说，黄昏岁月里的每一分钟胜似黄金。他们健康时伏案写作，为国家和人民创造精神财富。过于频繁的接待来访者，实际上造成无可弥补的时光流失。他们身体不适时，重要的是安心休养，不宜会客。因此近年来虽然我长住上海，却很少去拜访他们，以免干扰他们写作与休息必要的宁静。

然而春节拜年应是例外。他们两家寓居的楼宇相距不远，都是在布满法国梧桐的林荫道旁。由近至远，先到柯灵府上，随后再到巴金居住的宅第。不管相隔多长时间，每次到巴老的客厅里总是很亲切的。

客厅光线柔和淡雅。巴老为了方便，照例坐在屋角的靠背椅上，靠着阳台前的长长窗户，俯临沙发上他的客人们。今天阳光明媚，屋外宽阔的草坪透着嫩绿的早春气息。巴老总要颤巍巍地起身相迎，他折骨后至今行动仍不灵便，我们赶紧趋前，向他祝贺新年。

"又是一年了！"巴金说。

我咀嚼着老人的轻声感喟，是对逝去岁月的回顾，又是对未来的希望。我坐在他的前侧，谈话时必须转过身去，仰首面向他的满头银发，倾听他谈起这一时期的生活起居。我们大家都十分关注他的健康，他只是说，夜半常常醒过来，睡眠时间很短，而且是断断续续的。我们谈话时，时时有几个娃娃向巴金爷爷拜年，客厅里有一种欢愉的节日气氛。

　　说实话，每次我去巴金家里，从未有意识地准备过什么提问。我不愿将难得的会晤用于采访。我也确实没有写过一篇巴金访问记。我只是想去看看他，看看这位我从少年时代起就沉浸在他光辉作品里的老作家，在他那里小坐片刻，我就感到很大的快慰。

　　但是这一天我心里却带了一个问题。在巴金《随想录》的十种不同版本里，有一本四川文艺出版社新出版的《讲真话的书》，其中也包括五卷《随想录》，却没有收入那篇震撼人心的文章《"文革"博物馆》，我有些纳闷。

　　因为这许多年总有些"文革"题材像梦魇似的一直缠绕着我。"文革"开始后，全国如同沦入一个恐怖与灾难的地狱。我无法忘记，在当时某文化单位的大院里，一个来自上海搞戏剧的青年，自称"三代工人血统"，俨然以造反派的头目自居。他每天穿着一身黑衣衫裤，手持棍棒，吆喝着管辖"牛鬼蛇神"，那凶神恶煞般的狰狞形象，使我想起德国法西斯的纳粹分子，野蛮的褐衫党匪徒。此人后来犯罪堕落，自食其果，没有好下场，不值得多说，但是这个黑衣人的阴影始终压在我的心上。想不到前两年，我却在报上赫然看到他的大名，他还在文艺界公然活动。这样的人本来早应作为"展品"送入"文革"博物馆去了。这是我想写的"文革"旧事一篇文章的构思。我还没有动笔，而倡议建立"文革"博物馆那篇具有雷霆万钧之力的文章，忽被抽掉了，我大惑不解。

　　巴金说："没有，没有抽掉，其他版本的《随想录》都保留了这篇文章。"从作者口中取得证实后，我感到宽慰。是的，这是不能抽掉也抽不掉的。正如巴金在文中所说："建立'文革'博物馆是一件非常必要的事，惟有不忘'过去'，才能做'未来'的主人。"

我没有谈那个早应送到"文革"博物馆去"展览"的黑衣人，却谈起我在这客厅里一次难忘的回忆。

六十年代初，大约是我去福建工作后的第二个冬天，人为灾害和自然灾害并存的困难时期尚未过去。一个寒凝大地的薄暮，我来到巴金的寓所。这是我第一次拜访很早就引导我走上文学之路的老作家。

巴金夫人萧珊为我开门，我第一次也是惟一的一次见到这位热情好客的主妇。他们家的宠物，小狗包弟滚动着黄绒绒的身子，不无兴奋地随同我一起进入客厅。这时，比我先到的赵丹已在座。他带来一束玫瑰花，盛开的玫瑰花红艳照人。客厅里升起炉火，我一进门就感到温暖，坐定后更觉得无比温馨。主人款待咖啡西饼，我们坐在软软的沙发上，享受着一个美好的冬日下午。

那天的谈话几乎完全想不起来了。也许我记过一页日记，在动乱的年代里不知去向。但是三十年来，那个富有浓浓情意的客厅，客厅里主人夫妇的昔日风貌，还有那逗人喜爱的小狗包弟，总是难忘。

历经劫难灾祸，人世沧桑，现在我又坐在这间熟悉的客厅里，当年的动人情景历历在目，不免有恍如隔世之感。我情不自禁地终于向巴老谈起那次聚会。他仔细倾听着，默不作声，似乎陷入往事的沉思，后来说了一句："我是一九五四年住入这楼房的。"接着又说："我的文章写狗的有三篇。"

话题转到他的写作。他现在握笔很困难，身体好的时候，每天还写几十字，就在他坐椅旁一张临时的小小桌子，位于长窗下。

巴金说：

"我还要写，不一定发表。"

这句话无疑涵盖面很广，包容也多。我不便多问。不过我想，他将继续写下对人生对社会对祖国的《随想录》，以他的人格力量，掏出自己的心，写下真话，让历史作证，与人民同在。大师的劳作是终生不懈的。他拥有一个至高的思想境界。他和千万读者永远在一起。

临走前，我又环顾了这一间接待过无数来访者的客厅。在这新春佳节的第一天，自有众多的客人借此机会向我们的文学大师致敬。

我们告辞了。走在风和日丽的幽静街头，春意盎然。我暗自期许，下一个春节的大年初一早晨，将再来向巴金拜年。

一九九二年二月

"孤岛" 白发文人

去年此时，晴秋佳日，上海举行了一次"孤岛文学"五十周年学术研讨会，在纷纷扰扰喧喧嚷嚷的中国现代文学史上，又增添一行注脚。

众所周知，从一九三七年十一月十二日，国民党上海驻军全面溃退撤离，直至一九四一年十二月七日太平洋战争爆发，约近四年光景，上海沦为日本侵略军的占领区。

由于中国近百年来的历史原因，上海市区内的"公共租界"和"法租界"虽然四面受敌，被日军包围，仍然保持其"中立"的特殊地位，如同大海中孤立无援的岛屿，世称这一时期的上海为"孤岛"。

有"孤岛"自然有"孤岛文学"，关于这一严肃课题，留待专家学者们去深入研究，与会者似乎更倾向于大会日程安排的"老友叙旧"和"自由交谈"这两项活动。

在上海作家协会的白色大理石礼堂内，五十多年前的文友久别重逢，欢聚一堂，共话旧时经历，笑语平生坎坷，抚今追昔，感慨万端。昔日青春年少、意气风发，如今都是白发衰鬓的老人。银发族集中起来也是一种庄严景象，这次大会，不妨称为一次晚晴文学集会。

会上宣读美籍华裔学者、作家董鼎山特地从纽约寄来的一封长信。随后又朗读了他的老弟董乐山寄自北京的另一封信。他们兄弟俩原先都决定应邀来沪与诸友重叙，因为临时有事，不得已中止此行，抱憾之余，只能写信代替发言。这两份来自异域远地的书面发言，热情洋溢，如闻其声，如见其人，使这次"孤岛"老人们的文学集会更有声势。

鼎山不胜眷念地回忆"孤岛"时期，他参与上海的文学活动，谈得很细很具体。他的信，一开头便提起当年给他"留下印象最深的文友"有两人：一个是何为，一个是晓歌（现居山东济南）。在这样场合，骤然一听，很觉得有些意外，当然也很感谢故人的情谊深长。

我与董鼎山订交逾半世纪。四十年代中期，鼎山留学美国，长住纽约任教。我们别后从未互通音问。这十余年间，他多次回国，我们总是缘悭一面，阴差阳错地失去了重逢叙旧的机会。他每次重临故土旅行访问，写了不少有学者风度的文章，结集后总是委托出版社代为寄赠给我。我收书无以致谢，常觉歉然。

虽然数十年来我们既未通信更未把晤，但我在北京冯亦代寓所的书橱内，在董鼎山所著《天下真小》《书·人·事》和《留美三十年》等集子里，高兴地看到阔别那么多年的鼎山近照，还有他的瑞典籍夫人和他们女儿的三口之家合影。他的照片和回国多次写成大量的散文随笔，每每引起我对天涯故人的遐思。

在那次"孤岛文学"五十周年纪念会上的发言，我主要想阐述两层意思：

其一，在苦难屈辱的"孤岛"时期，我们都还年轻。青春的火焰，抗日救亡的火焰，争取民族自由解放的火焰，令我们这一代人燃起强烈的爱国热情。

其二，我们都是热烈的文学爱好者，不少文友迷恋于散文写作，陶醉在何其芳、李广田、陆蠡和丽尼等散文家刻意营造的美文天地，与此同时，我们相继在报纸的文学副刊上蹒跚学步，投寄自己的练笔之作。

我不止一次说过，上海"孤岛"不啻是我们这一代人的文学摇篮。我们差不多都是从那时起步走上文学道路的。董鼎山也是其中一位。后来他漂洋过海去新大陆，也没有放下他的笔。在文学大家庭里，不管时空的间隔多久多远，他仍然同我们在一起，远隔重洋也能听到他写在纸上热情的声音，这是令人高兴的。

顺便提一下怀旧二三事。

十年前，北京《读书》月刊发表一篇拙文，文题《从〈浅草〉到〈草原〉》，记"孤岛"上海两家报纸的文艺副刊，主持编务的都是柯灵。我那篇回忆录列举了在这两副刊露面的许多年轻作者，坚卫（董鼎山）也在这个行列中。此文校样由《读书》主编沈昌文先期寄给美国董鼎山，引起鼎山对昔年上海的无尽怀恋之情："好似做了一场长梦。"这个长长的海上旧梦，促使他写了一篇忆"孤岛"上海文友的短文。这篇文章刊出后，距今也将近十年，于是这一"长梦"也就更长了。

这十年间，我一直想写信或为文，就董鼎山这篇情思绵绵的文章中，有关我的两件小事，稍加说明。然而浮生劳碌，终于没有写成。想不到这次会上，鼎山来信中又情不自禁重述这两件事，可见对他印象之深。我想借此机会说几句，也算了却一桩心愿。

据鼎山文中回忆，我们最后一次见面，是在抗战胜利第二年，即一九四六年。我们两人作为两家不同报纸的记者，同登黄浦江上一艘英国兵舰采访。在甲板上邂逅时，我口袋里的香烟吸完了。语云"烟酒不分家"，我漫不经心向同行讨香烟。董鼎山那时还不会吸烟，自然没有，"只好摇首"。这事令他念念不忘，至今还想象"今日何为仍是烟鬼，在烟雾中寻取他那写作美丽散文的灵感"云云。

不错，我的"烟龄"与文龄一样长，几乎吸过全世界的名烟和劣烟。吸烟是我不可或缺的人生乐趣之一。在灾荒岁月和动乱年代，深感无烟之苦比粮食短缺更难熬，甚或不惜为半截烟头"竞折腰"。这才逐渐省悟，如此吸烟，未免太痛苦，与其让层层烟圈像铁链一样套在头上，成为香烟的奴隶，不如一戒了之。

一九八四年元旦是值得纪念的。在北京第四届全国作家大会期间，我痛下决心，终于戒绝了积年的吸烟恶习，彻底改变"烟鬼"形象，而且至今没有动摇过。据老友冯亦代告诉我，多年前他访美期间，吸烟十余年的新烟鬼董鼎山自我开戒数月，可见香烟的魔力与魅力。

另一件也是小事。我在给《读书》沈昌文信中提及《草原》文学副刊的主编是柯灵，鼎山闻讯后，指出师陀（芦焚）短期编过《草原》，这是对的。我主要是在柯灵编的《草原》前期写稿。鼎山则由柯灵介绍，更多在师陀接编后发表作品，一前一后，侧重点有别，其实都没有错。鼎山"外国脾气"，表示敢于和我"对质"，不由哑然失笑，我看没有那么严重，这件"公案"还是这样了结吧。至于《草原》副刊，在《正言报》而非《文汇报》，则是确切无误的。

行文至此，又想起"孤岛文学"会上，我的一点感触。半个多世纪以来，政治风云谲诡，世事变幻无常，现在欣逢盛世，我们却不知不觉老了。老，可能意味着成熟，或趋于成熟，愿与白发同代文人共勉。

一九九三年十一月初改作

观 灯 记

爱灯不仅是为了驱除黑暗，不止是由于光的照明作用，还在于观看灯下的缤纷人生。

七十年代初，我流放的小山村尚未建立发电站，入夜只能生活在黑暗里。荒山寒夜，为节省灯油的山民们很早入眠，惟独我们这一户外来的人家还亮着小油灯。

山居生活寂寞单调，冬夜僵冷的黑暗更是难堪。从小镇买来带有玻璃罩的油灯光芒是微弱的。为了获得更多的光亮，我试用废弃的瓶瓶罐罐制作许多形态不一的小油灯。

每盏小油灯都绽开一朵火花，奉献小小的光亮。微弱的光也能划破黑暗，对沉沉的黑夜是一种无言的反抗。即使熄灭了，它也燃烧过。何况还能再一次点燃，继续以它又怯弱又勇敢的火光向黑夜挑战。我满心喜悦地观赏我自己手下诞生的一点光明。在长夜漫漫的动乱岁月里，它燃起我精神上的火焰。

那是我被放逐后的第一个春节。我的五口之家一度天各一方分居五处，就像当年千家万户面临的厄运一样。这一年，我们一家竟然奇迹般在山村土屋里欢度春节。我忙着张罗十余盏大小灯，分布在小屋的土墙各个角落。有一具较大的油灯别出心裁地挂在悬梁下，俨然是古朴的枝形吊灯。

除夕夜，大雪纷飞，我将屋内所有的油灯都点燃了。满屋闪闪的火光，映照窗外的漫天白雪，如同庄严的节日庆典。我们默默注视着这一片灯火，感谢生活的赐予，祈求上苍赐福给每一户人家。

有许多年，我生活在明清古建筑连片的榕城黄巷。许多年，我穿过这条长长的古巷，到我工作所在的地方去。巷尾通向南后街，简称后街。闽居三十年，这条南后街是留下我履印足痕最多的市街之一。

往昔南后街其实是一条文化街。街上设有旧书坊多处，专售古书古玩、字画碑帖，弥漫着高雅的历史文化气息。位于福州城内七条古巷一侧的大街，最有名的则是南后街灯市。

我初到福州时，还能在南后街毗邻相连的市肆，依稀可见旧日的繁华喧腾。鱼灯、兔灯、鸡灯、宝莲灯、千姿百态的花灯，剔透玲珑，高高悬挂在店铺内外，热热闹闹地摆满市口。

福州的福橘闻名于世。有一种著名的小橘灯，用竹篾编扎骨架，糊上红绢或红纸，有如发光的福橘。还有一种选用大颗的新鲜福橘，细心取出瓣肉，以完整的橘皮空壳，加工制成真正的小橘灯。在灯内的托盘铁丝插上小红烛，点燃后，小橘灯通体红光鲜灵透明。红艳熟透的小橘灯，是吉祥福祉的象征。

最引人注目的是走马灯。当灯座的烛光燃起，热烟升腾，顶端的纸轮随之转动。于是灯罩四周的仕女花卉、飞禽走兽或湖山景物的彩绘环灯旋转，影影绰绰，相映成趣，故又称影灯。此类彩灯常见于南北城乡。

元宵节，南后街上灯市的流风余韵犹存。穿过熙熙攘攘的观灯游人，在宫灯下漫步，细细品味辛弃疾名句："众里寻他千百度，蓦然回首，那人却在，灯火阑珊处。"一种迷离恍惚的意境，只能意会，不可言传。

然而时代变迁，南后街的灯市也萎缩了。

在日本北海道旅行，观光项目之一是登高俯眺函馆夜景。

函馆山位处太平洋与日本海之间，海拔三百三十五米，山形似伏牛，又名伏牛山。我们从牛背般的山脊蜿蜒而上，车身逐渐被雾气包围，车灯向前照射，四周白茫茫如临云天。

来到山巅的展望台，登高远眺，夜空下万斛钻石明珠般闪烁的灯海，顿然呈现在眼前。光点繁密，光流闪动，在夜雾朦胧中蒙着迷人的光晕，给人虚无缥缈之感。山风吹来，高处不胜寒。游人仿佛俯临苍穹星宇，明丽奇幻，为之目眩神驰！

陪同的日本记者介绍说：函馆山的灯景以地取胜，与意大利的拿波里和我国的香港，有世界三大海港夜景之称。

虽然未到拿波里，后来我却有香港之行，抵达港岛那天是圣诞节。

圣诞夜，在九龙隔海远眺香港灯火。全岛恍若银河落地，高楼大厦流光溢彩，通衢大道火树银花，海峡港湾波影闪熠。遍地灯饰，璀璨夺目，堪称一绝。

离开香港前，一个冬日薄暮，乘登山电车直达港岛最高处太平山顶。夕照西斜，山巅有薄雾。暮霭渐浓，海湾里升起大片霓虹灯遂愈见辉煌。不由想起夜游函馆时所见的灯景。函馆灯景俏丽幽冷，香港灯景浓艳热烈，两地各异其趣，后者似更胜一等。现在香港回归祖国怀抱的期限日近，这个富裕美丽充满希望的海上城市，来日必将闪射东方明珠更耀眼的光辉。

城市不能没有灯火。国际大都市如此，小小县城也不例外。前年，我来到武夷山麓的革命老根据地宁化县城。主人安排观光夜景，我不能想象长期处于贫困落后的小城之夜有什么景观。

车停城内翠桥畔，只见楼台屋宇到处镶挂着成串成片的电珠灯饰。它们从高处垂下如纷披的流苏，如瀑布倾泻坠地，环绕在道旁大树上，就像缀满饰物的圣诞树。我怦然心动。宁化的翠桥火并不壮观，但它至少表明正在摆脱昔日的困境，起步走向富足乃至富裕之路。

我终于有所领悟。灯火带来光明，灯饰显示繁华，灯海反映城市和国家的兴盛。灯光里有人文历史背景。

　　这几年，我时或往返于申城与榕城之间，两城都记载着我度过的迢迢年华。现在每次旧地重临，一瞥之下总是发现城市里的灯海不断扩大延伸，令人眼花缭乱。

　　即以我定居的上海来说，历经黯淡岁月，人间沧桑，今天的外滩美仑美奂益趋现代化，盛装的南京路和淮海路上，十里长街之街，游人潮涌，灯海更兼人海，蔚为奇观。横跨浦江两岸新建的南浦大桥和洋浦大桥，气贯长虹的桥身银亮灯姿绘在高空中，闪耀着具有历史跨度的光辉。他日若能登上这两座巍巍大桥，或远或近游览桥上桥下的瑰丽灯火，届时当写《观灯记》的续篇以志其盛。

　　我喜欢灯。

　　我愿神州大地上的灯火大放光明！

一九九三年十二月初

茶　壶

　　祖父喜饮茶，他生前有一把镶着铜环的瓷茶壶，配备一套衬着棉夹层的藤器。茶壶置入其内，长久保持茶的温度，如同今天的保暖壶，却又无茶汤过热失去原味之虞。

　　三十年代的上海冬天好像比现在冷得多。寒冬腊月，朔风凛冽，外出归来，从祖父的茶壶取饮一杯热茶，身上手上顿时暖和了许多。其实他那把茶壶很平常，似乎只在于实用，不讲究品茗。后来它不知去向，令我悒悒。因为旧茶壶的融融暖意，唤起我童年生活的回忆。

　　然而，我要记的是另一把茶壶。数年前在老屋整理旧物，无意中发现一个陈旧纸包。打开脆裂发黄的报纸，纸屑散落，然后像奇迹般的出现一把茶壶。以前我从不知道它的存在，骤见之下，不免惊异，看了一眼就十分喜欢。

　　这把茶壶的特点是，茶壶以外，另有一个碗状的镂空容器，内设一小盆，可注入豆油和棉纱带。带子的一端从居中的注孔引出，长短可调节，其结构如同敞口油盏。壶底有耐火瓷，置于点燃的油盏上，茶汤总是热气缭绕，茶香扑鼻。此壶釉瓷通体呈宝蓝色，内壁为白色，造型端庄典雅，是一件古意盎然的艺术品，令人爱不释手。

　　冬日夕暮，四顾寂静。我身居市廛而又远离尘嚣，在暮色渐浓的窗前，就用这把雅致的茶壶品茗。壶边的火光摇曳，影照壁端。随手拨弄油盏的灯芯，让火苗燃得不起烟。壶内飘出铁观音的幽幽兰香，微微烫嘴，刚好上口，自斟自饮，悠然自得。当前商品大潮涌动，世事纷纭，人情冷暖，在扰扰攘攘的俗世，享受一个安闲的冬日黄昏，未尝不是一种澹定的生活态度。

我也用这把茶壶招待三两好友相聚茶叙，赢得纷纷赞赏。饮茶时，客人每每不由自主地凝视一会闪动火苗，光影柔和，"围壶"谈话也就更自在更平静更闲适了。

某次，柯灵先生翩然移驾舍间，我端上这把茶壶，沏茶点火，敬奉于客人之前。老先生面对影影绰绰的火苗，不胜神往地说，昔年也有过一把这样的茶壶，其后不知去向，言下不免有些惆怅。

我是颇有同感的。好的茶壶可贵正如好茶难求。我每次使用这把茶壶都很谨慎小心，惟独有一次倒茶叶渣时，不知怎么让茶壶碰裂了一小角，仅仅破损很小的一角，却像人生缺了一角，生活中有了隙罅。我懊恼不已，百般无奈，只能再包扎起来，束之高阁，免得看了内疚。从此再也不忍使用。

为写这篇小文，最近又将此壶取出观赏。摆在书桌上，黯然注视，旧时一番茶趣尽在不言中。这把茶壶曾给我带来不少生活乐趣和愉悦的时光，如今它依然庄重秀丽，毫不影响实用价值，只是缺损一角，白璧之瑕，终究有损于艺术完整性。春茶将登场，但愿哪位能工巧匠能修复我的茶壶上这一缺憾。

一九九四年三月

茶
壶

信封的困惑

　　我年轻时得到一件精致的生日礼物：信封和信纸配套，装在嫩绿色烫金的长形盒子里。对折的鹅黄色信笺，大小相称的鹅黄色信封，纸背有淡淡的水印暗格。这给我很大的喜悦。置于案头，绿色的信盒如一叶轻舟，满载希望和祝福，似乎只宜于观赏，竟然久久没有写下一个字。

　　那是三十年代中期的上海，市肆出售的信纸信封花色品种繁多，适合于不同层次不同年龄不同性别的需要。文具店的橱窗里，各种款式的信封信笺，色彩纷呈，每每令人驻足留连。

　　许多年过去了，我不大在乎用什么信封信纸了。不知何时开始，由于工作，习以为常用公家的信封。有时也用于寄私人信件，一是从信封落款即可辨认发信人的单位和地址；二是图个方便，如寄稿件须较大的信封，街上未必能买到，于是就公私不分，随手取用，这自然不足为训。

　　这几年电话使用广泛，国内国际长途直拨电话缩短了时空的距离，写信大为减少。但信函往返毕竟不能全用电话替代。鸿雁传书不仅仅互通音讯，而且赋予生活以丰富的精神内涵。人们常说，电话里说不清楚，写信吧！

　　早些时候，有一次写信，信写完了，迟迟未付邮。找不到信封。抽屉里有的是大小不同的各色信封，可惜都用不上。例如世界大文豪漫画肖像信封，纸质洁白坚韧，一套十枚，郑辛遥作，造像生动传神，别具情趣，一直舍不得用，现在只能沉入篚底。未用过的老信封留下的还真不少，却都成了

"藏品"。

这是因为按规定必须使用统一监制的信封。据报道，采用这种信封，便于电脑拣信，提高收发效率，无疑是很先进的。或者另有更大的优越性，不得而知。如果不用这种统一的信封，首先被拒寄，即或投邮，难免有失落的危险，不如照办不误，稳妥省事。

然而，全国统一规格的信封，统一的面孔，统一的色调，总觉得不免单调。很难想象，今天推门出去，满街缤纷的时新衣着忽然消失，极目所见又是单一的灰衣服，这恐怕是谁也不愿看到的。

岁初，女儿从域外寄来一些异国情调的信封信笺。或缀以淡淡的小花纹，或以竹筒造型构成拙朴的图案，或以丝丝闪白的银柳作为衬底，无不素雅悦目，洋溢着生活情趣。多年来，不管什么纸拿来就写信，现在面对如此精美的信笺倒有些踌躇，不忍遽然落笔。

除了一本古色古香直行条线印制的信笺以外，最喜欢一种配套的信纸信封。隔着透明的纸袋，隐约可见信纸一角和信封上，都印有一朵毋忘我花的花饰，惹人喜爱。信封是信纸的包装，别致的信封首先给收信人传递美的信息，小小信封也能美化生活。但我忽然困惑起来，这样的信封从国外寄来没有什么问题，倘用在国内，岂不是难以投寄？

京华友人来信，信封一反常见的红色，作浅蓝色，左下角且画有小帆船，有扬帆远航之意。近见某省信封上饰有小花，虽不算新颖，似乎有些变化，颇觉可喜。简单划一有悖于生活美学，统一之下，其实是大可多样化的。

一九九五年八月

天涯海角

　　一提起天涯海角，立刻想到天的边陲，地的尽头，人的极地，一片黯然神伤的苍茫之境。

　　有一年在海南岛作环岛旅行，抵达岛上最南端的三亚市，途经鹿回头，不遑稍留，又驱车前行二十余公里。想象中的所谓天涯海角，突然出现在公路边，虚妄变成现实，很有些意外。

　　屹立海滩，两块奇拔的苍黑色巨岩，一块刻着"天涯"，一块刻着"海角"，在嶙峋的礁岩之间比邻相望。岩石上端的四个大字十分醒目。这是一处很有名的景点，身临其境，却又感到茫然若失，似乎天涯海角应该更旷远更寥廓更空寂。

　　时当暮春，南中国海暖风拂面，逶迤的海岸线白浪翻滚。漫步金色沙滩，步履柔软，一步一个脚印地向前走。古往今来，沙滩上多少脚印都被潮汐冲走了。海滩近处，黎族和苗族小姑娘三三两两，提着竹篮，向游客兜售大海的纪念品。卖贝壳项链的，卖珊瑚饰物的，卖椰壳制品的，一片浓浓的南国风情。

　　临行前，蓦然回首，那两块巍巍然的巨岩"天涯""海角"兀立海域的一侧，在惊涛拍岸中，有悲壮沉郁的历史感。古人这一命名，当有其深层的历史意蕴。史载，自唐以下遭贬谪流放到海南岛的名臣，不下数十人。苏东坡是宋朝名臣，以诗文传世，当年被贬逐到人烟罕至的蛮荒之地海南岛，辗转跋涉两个多月，羁泊海疆逾三年。读陈寅恪诗，"东坡文字为身累"，不由同声浩叹。

在儋县参观东坡书院时，遥想近千年前，苏东坡在桄榔树下结庐而居，头戴竹笠，身披蓑衣，脚拖木屐，形似琼崖一老农，在椰风蕉雨中耕作，在草野之间传播文化，留下被阻隔的人生屐痕。苏东坡的崚嶒风骨，至今仍为人传颂。中国知识分子的命运，常与边远的疆土相连，天之涯，海之角，每每成为统治者发配异己的去处。

天空一碧如洗，热带的阳光分外明媚，海水蓝得令人目眩神迷。我无意发思古之幽情，乃寄情于永恒魅力的大海。俯仰之间，思绪绵绵。今日海南是众多旅游者的览胜之地，后人视今之"天涯""海角"，对其悲凉荒寂的观念必定淡薄很多，淡极欲无，或竟连这样的地名都成为历史了。

一九九六年八月

天涯海角

试掘一口井

有朋来访，茶余闲聊，谈起专栏文库。

我说，以我的年龄，我的一半还算明亮，另一半却已阴翳的视力，与其挖十口井，不如掘一口井。写一个专栏就像掘一口井，这是我逐渐形成的感觉。

朋友颔首：掘井可望得地下水。

我接着说，水眼在哪里，难说得很。能不能挖出地下水，能挖多久多深，更是不得而知。

朋友表示理解：掘井和专栏，这个比喻很形象。

我说，比喻总是蹩脚的。专栏文章其实就是小品随笔，这种无定体的文体，常常有鲜明的个性色彩，最能提供读者一种文化休息，一种精神愉快，一种平静心态。过去数十年来活得很紧张也很累，现在需要放松，从容应对生活，自然也不可懈怠。我的气质注定永远写不出所谓"大散文"，过去写不出，现在老病缠身更写不出了。我只是凭着对生活的一番热爱，对文学的一点虔诚，力所能及，试掘一口井而已。这并不是我头一回掘井，从前也挖过多次，然而，我从未像现在这样珍惜一口井的挖掘。不能不感谢副刊编辑的敬业精神，由此而来的细致认真和热情的工作，促使我开挖这口井。我应该努力，至少不让编辑发稿时为难。

朋友忽问：你对专栏文章有什么想法？

我说，我历来喜读短文，也爱写短文，难在写不短。写的短而有灵性就更难。在有限的篇幅内，文字务求简短凝练，以少胜多，以简约胜繁琐，以无声胜有声，这对改进冗长文风，净化文字大有好处，且符合现代人快速的生活节奏。真情实感，要言不繁，平易自然，隽永耐读，专栏文章的上乘之作无不如此。当然，这是我向往的创作境界，可望而不可即。

朋友若有所感：刊物的周期较长，读者有局限性，报纸发行期短，而读者面广，登些专栏文章很合适。

我说，可不是。例如，《新民晚报》的覆盖面极广，随着现代高科技信息传播，专栏文章以报纸为载体，在一个黄昏受到上百万读者的扫描，或看上一遍，或匆匆一瞥，或不屑一顾，于是转瞬间消失在读者的视野之外，烂漫的风景一闪而逝，在新的太阳上升之前，昨夜专栏名副其实是纸上云烟。这也算一种景观吧！

朋友勉励：愿你这口井早日冒出地下水。

我说，只有看到井底水面的亮度，终于映现井外的苍穹云天，才能证明这口井是水井，或只是一口枯井。谁知道！

朋友告辞，我目送他的背影消逝在新秋夜色中。

一九九六年十月

惜　　别

　　这位文学老人的大名，早在我还是小学生时候就熟悉了。约在二十年代后期，他编辑有名的《小学生》杂志是我的启蒙读物之一。现在他是一位很老的文学老人，今年九十二岁。近二三十年来，我们时有相逢。他瘦瘦矮矮，雪白的平顶头，慈眉善目。穿白衬衫或人民装，衣领必定认真地紧紧扣上，一丝不苟，这种衣着习惯也是一种人生态度吧。他显得安详，平静和恬淡。他的睡眠好，生活俭朴，是一位很健康的老者。我常想他还可活多年，安然跨过世纪的门槛。

　　这位文学老人就是陈伯吹，陈伯吹的名字等于儿童文学。

　　长达十年的全国动乱后，我回到阔别已久的上海，一时有许多相识相熟或相知而未谋面的文友，到我的沪上老房子寻访叙旧。最令我感动的是，比我年长得多的儿童文学老作家陈伯吹翩然驾临。近午，他告辞时，低声情切地说："到外面随便吃点。"我送他走了一段路，辞谢他赏饭的邀请，他也不再坚持。我知道他自奉甚俭。这是极普通的小事，不知为什么，我一直没有忘记。

　　这几年，我们时或在文学会议上见面。很久前曾到他的府上拜访过一次。某年，在上海少儿出版社的一次座谈会后，归途同车，他忽然回首往事，轻声低语中，依稀能听出他对人世的感喟。他谈得心平气和，近乎超然物外。

去年十二月间在北京，我没有想到，陈伯吹以年逾九旬的高龄出席五届作代会，会上宣布，他是出席本届大会中年事最高的代表。大会前，在梅迪亚中心召开理事会。陈伯吹夫妇住在我的对室，于是就近到他们房间小坐，这才知道，每年入冬后，他们的独子陈佳洱接他们到北京过冬，在北大校舍与儿子一家，围炉共享天伦之乐，此次并得以在京开会。北大校长陈佳洱是研制原子能加速器方面的专家，我无缘一见，却能想象那是一个温暖幸福的知识分子家庭。陈伯吹的侄子陈佐洱，倒是我在福建黄巷寓舍中的常客。佐洱奉派到香港，从电视荧屏上，常能见到他出现在中英谈判桌前。话题自然离不开他们家族中的著名人物。随后，我们谈及老人如何直面生活。很简单，怎么好就怎么过，只管豁达乐观地活下去。当然不宜闲着无所事事，却也不必想得太远太多。我们一番谈话，彼此都受到感染。陈老似乎很兴奋，在小组会上絮絮地作了一次很长的发言，有如一篇庄严的人生宣言，虽然在座的人未必都听懂。

那天分别时，老夫妇急忙取过纸笔，留下他们沪寓的地址电话，约我回上海后一定去他们家。我迟迟未去，一是由于我外出两月，二是我难免有些疾患，最主要的原因是，怕干涉老人们安静的生活。今年五月间，从报上获悉陈伯吹住院。这无异是传递一个令人挂念的信息。我心里动了一下，应该去探望他一次，尽管不能释然于怀，我仍然认为，老人住院出院是常事，等他病愈后休养一阵，再去拜访也不迟。近日在报上看到陈伯吹逝世的消息，才知道已经迟了。对年迈的老人是不能等待的，没有时间等待了。在中国儿童文学史上，陈伯吹的特定地位，史家自有评说。对这位漫长一生与儿童文学事业紧密相连的文学老人，他的离去，岂仅惜别而已。

一九九七年十一月十六日

惜
别

散文独语

最近，以鲁迅命名的文学奖名单上，从未想到我也榜上有名，消息传来，感到很意外。散文领域不乏名家高手，我在惊讶和惶恐之余，深感受之有愧。当然，获奖是一种荣誉，一种鼓励，也是一种认可吧。同时又促使我冷静地审视自己，审视我走过的，漫长艰辛的文学道路。

有论者谓，我对散文情有独钟，这是不错的。但是在过去数十年间，散文并非是我写作的唯一文体。年轻时，我写过从未上演过的话剧，写过没有上银幕的电影剧本，写过失败的短篇小说和小诗，也写过足以破灭我的记者梦的新闻特写，以及在外部环境严厉制约下撰写的所谓报告文学等等，大量文字消耗我的黄金岁月。也许，各个不同历史时期写作的失败教训，有助于我的散文创作，并决定我最终投身于散文。

就散文而言，这种文体本来应该自由自在，无拘无束，生动活泼的。散文最能体现作者的性格和气质，显示作家的人格力量、心理素质和审美情趣等等。作品发自内心，用自己的话向读者倾诉，在诸多文体中，散文最能建立与读者直接沟通心灵的桥梁。

汉语方块字是有灵性的，富有魅力的文字。散文作家要善于驾驭文字，避免一般化，其中一条是竭力避免报刊用得很烂的文字，或是别人笔下屡见不鲜的文字。长期和文字打交道，经过不断吸收和不断扬弃，苦心熔炼，终于找到自己心灵贴近的文字，找到自己的表现手法，是幸福的。

只有善于使唤文字的人，文字才具有某种灵性。每个作家有其自己喜欢的常用词汇和习惯用法，以此给读者带来一种独特的韵致和色调。在常用的文字中显出不同寻常，在不常用的文字中却又显得很平常，这才是真功夫。真实朴素，优美自然，最能显示文学语言的造诣。篇幅短小容量大的散文，更是一种成熟的标志。出自高手的散文，看起来不加雕饰，质朴无华，却自有其丰富的思想内涵，言有尽而意无穷，使读者获得精神上的愉悦和人生的启迪。

数年前，某评论家根据传闻加以渲染，记述我的写作习惯："每完成一篇作品，就工楷抄正贴于自己书房的墙上，每日诵读数遍，倘有不顺口不如意的字句，就信手改来，直至数日、数周、数月后，无不满意之处才投寄出去。"

这段话写得具体而失之夸张，令人感到这样写文章未免迂腐可笑，聪明人是不屑为之的。虽说也阐明一个基本事实，不过并不是"工楷抄正"，有时原稿上满纸涂改，面目全非。我没有倚马可待下笔千言的本领，悟性不高，文章写得慢，总写不好，每写一文，通常要反复修改，有时越改越短。这种作坊式的案头劳作是很苦的，却也从中得到乐趣。我的文章倒真是改出来的。我信奉鲁迅的话："写完后至少看两遍，竭力将可有可无的字、句、段删去，毫不可惜。"我不相信文章绝对不能改，即使在发表以后，最终被时间淘汰之前，倘有机会，总还可改得好一些。我对自己已发表的全部作品，历来作如是观。

有一种误解，似乎长篇累牍，动辄十万八万字的所谓"大散文"才是努力的方向。当然，现在创作环境宽松，写散文大小由之，长短皆可，悉听尊便。但历史悠久的中国古典散文中传世之作，"五四"以来的名篇佳作，绝大多数毕竟还是隽永耐读，历久弥新的短文。我的性格和气质注定，永远写不出所谓"大散文"。我只是凭着对生活的一片热爱，对文学的一点虔诚，对散文艺术的一番追求，欣逢百年未遇的太平盛世，写点自己想写的小文章，力所能及，保持反复改稿的写作习惯，惨淡经营，聊作生命的寄托，如此而已。

一九九八年四月十二日

土屋里的水酒

酒的家族中，水酒是最朴实无华的一种。

水酒像带有乡土气息的村姑，朴素自然乃其本色，本色就是美。

水酒，又名米酒，或名老白酒，近似日本的清酒，清淡如白开水。水酒的酿制似乎来自江南一带的甜酒酿，用上好的酒曲拌入蒸熟的糯米饭，加温发酵，俟其酿出甜露即成酒酿。水酒则须按比例加大量的水，酿造时间在冬日约为一个月，发酵后的糯米饭沉淀为渣，是极好的酒糟，此时满坛的水便是酒。

那年，我和我的一家流放到武夷山脉相连的闽北小山村。寒冬腊月，辛勤劳作一年的山民们准备过春节，作为年景象征的农村传统食品以外，家家户户都酿制一坛米酒，当地传称水酒。在邻居老大娘的积极建议和热心帮助下，我们也自制一坛二十余斤的水酒，任其在土屋的角落里悄悄发酵。有几次，我们仿佛听到酒坛里轻微的气泡翻滚，扑扑作响，如同酿造欢乐的精灵。临近春节，家酿的水酒越来越成熟。

开坛之日，酒香四溢，用长柄小竹筒打上半碗试饮，近乎透明的醇香液体令人微醺，在贫乏的年代里，不啻是琼浆玉露。水酒的酒精度不高，甜香清冽，易于入口，而后劲很足。这坛酒贵在家酿，我们全家视之为窖藏的醇醪，常常沉浸在馥郁温馨的酒碗里，以驱遣漫漫长夜笼罩在心头的黑暗。

那是七十年代的第一个春节，也是我山居的第一个春节，席卷中国大地的"文革"狂风暴雨离我们似乎稍稍远了一些。然而阳光仍未在天际露面，历史的步伐依然沉重。那时候身居山乡，放逐在山水之间，倒是一种出乎意外的解脱。

严冬迟暮，天色阴沉。灶台柴火哗剥作响，火光舐着厚厚的土墙。一片静谧的暖意。温酒时，与家人们低吟为戏："绿蚁新醅酒，红泥小火炉。晚来天欲雪，能饮一杯无？"领略一种古典的文化氛围，一种远离尘世的境界。清香醉人的水酒，足以解忧。

有时也戚然自问：远离我们的山村土屋以外，全国各地的城镇乡村，有多少团聚的家庭，又有多少离散的家庭？多少人有家归不得？多少人无家可归？

往事如烟，记忆并未消逝。土屋里的水酒，与我的山居岁月同在。

一九九九年六月

生命与爱情

在港岛山上，同时跨过新千年的门槛，人生也只有这一回。来去匆匆，腊月又回到空关的老房子。我在此屋度过整个学生时代，昔年住过的三代家族相继离去，现在子女都不在身边，万众欢腾的春节，浓浓的节日气氛，映衬我形影相随的孤独。

也罢。

书桌上依然放着我行前接到的黄宗英来稿。为照顾我的病眼，特地放大一叠打印稿，文末附言，说这篇《七彩的故事》是冯亦代文集的第五卷，编为散文集，由她作序，自己说此文"太哆了些"。信下角，突然发现亦代勉力手写的一行字："亦代向大驾问安好"，亲笔具名，以示真迹。我看了很感动，但行期在即，未及复函，这件事却一直挂在心头。

冯亦代将其一生劳作编成五卷本文集，冠以袁鹰执笔，亲切全面，洋洋洒洒的长序，给我孤寂的生活带来精神上的慰藉。这部文集记载亦代毕生从事译作，晚年又后来居上写散文，朋友们戏称忽然出现一个"散文新秀"，为之莞尔。亦代七次患脑梗塞，俗称小中风，病后更顽强，宣称"难不倒我"，以半疯瘫的手，颤颤巍巍地继续写作，歪歪扭扭一字一字艰苦地写下去，不甘罢休。这种向生命挑战的精神，这种愿以余生献给文学的毅力，令许多相熟的热情女作家感动得为之流泪。

亦代与宗英喜结连理，转瞬多年。二哥小妹都上了年纪，晚年丧偶，乃生活在一起。那时我乍听之下有些惊异，当然热切地加以祝贺。现在，生活证明这一对都有病的老夫妻感情深厚，相濡以沫，相依为命。亦代每次被疾病击倒一回，他就用笔和文字的力量努力加以反击，一次又一次的拼搏，不断延长他的生命，这就是胜利。毕竟，他也已望九之年了。

我因此想到，生命与爱情的关系。亦代之所以多次战胜病魔，不能不与黄宗英甜甜的爱情和贴心的护理紧密相连。爱情给人幸福，从幸福的爱情中，使生命的火焰燃烧得更久。

从香港回上海后，闭门不出，与外界很少往来。离沪前听说宗英也因病在上海住院检查，近况不详。想起在北京，亦代与宗英有时双双卧病住院，相对双双挂瓶输液，互相安慰鼓励，现在他们南北各一方，不知这一时期他们的病体痊可否？爱情长在，生命得以滋润。读宗英序："二哥的女友遍天下"，拥有众多女友们热爱的亦代，衷心祝愿你和小妹这一对白头伉俪，带病延年，勇敢地生存下去，力所能及，在人生大书上再添上光彩的几笔。祝龙年大吉。

二〇〇〇年二月三日

上海旧居杂记

上海二十世纪日渐远去，站在二十一世纪门槛回首遥望，时光倒流，在开埠百年后的上海这片热土，写下多少悲欢离合的故事，都老化了。我有时想，上海人一生住过多少房子？搬过多少次家？经过多少折腾？留下多少人生轨迹？这也许永远没有人能回答。

我四岁到上海，时在二十世纪初叶。最初住在虹口提篮桥一带，在这个"下只角"搬了几次家，都是旧式石库门房子。这种格局沉闷的建筑，连结着我的幼年。无非是小天井，客堂间，二层阁，亭子间，前厢房，后厢房乃至三层阁。每一个小小的空间，就是一户人家，是小市民赖以栖身的所在。那压抑狭小的居处，令人窒息。虽然石库门房子的构筑样式有所区别，但大同小异，久之形成地方色彩浓厚的典型民居。现在这些弄堂里的石库门房子，随着城市的改造日趋衰微，也有不少像历史陈迹般加以保护，给人提供旧日的上海景观和想象。

我很怀念有成排石库门房子的弄堂。难忘的是弄堂里有声有色的叫卖声。爆炒米花的，卖梨膏糖的，收破烂旧货的，卖"长锭"的，卖臭豆腐干的，挑担卖馄饨的，卖白兰花栀子花茉莉花的，南腔北调，此起彼落，给长长的灰色弄堂里，带来热烈的生活气息。印象最深的是冬夜里卖檀香橄榄的。寒冬腊月，夜色深沉，弄堂里远远传来檀香橄榄的叫卖声。这是一天中最后的叫卖声，也是所有叫卖声中的尾声。在北风怒吼的寒夜，卖檀香橄榄的沙哑声音有几分苍凉，直至人走远了，还拖着一缕摇曳的尾音，令人无端感到寂寞。这时夜阑更深，长夜更荒寂了。

几年后，我的父亲与人合伙在南京路近马霍路（今凤阳路）经营一家小饭店。这是三十年代初期，小饭店地处上海繁华地区，距著名的大光明电影院和国际饭店都不过数十步之遥。近邻有一家美美时装店，是著名电影导演史东山的夫人华姐妮开设的。我们一家住在小饭店的三层楼。窗外视野开阔。窗户对面是占地四百余亩的跑马厅，中间大片草坪，四周围绕着宽阔的环形跑道，在高楼林立的闹市，有如一片绿洲。入夜，越过一望无际的跑马厅，夜上海绚丽夺目的霓虹灯在夜空中闪烁。极目远眺，面对大世界的旋转霓虹灯香烟广告清晰可见。

平时，绿草如茵的跑马厅倒也安静。清早或黄昏时分，常有三二骑师悠闲地策马小跑，跑跑停停，大概是日常的驯马演练。到了春秋两季大赛马日子，全市如同节日的盛会，人山人海。圆弧形的大看台，层层台阶上人头攒动，时时爆发出疯狂的叫喊和沸腾的欢呼声。我在家里三楼窗台俯瞰，一群奔马扬起如烟似雾的飞尘，急遽的马蹄声疾驰而过。骑师们艳丽的彩衣在日光下闪耀。

这是上海场面最大的露天销金窟。

有时，跑马厅跑道上响起苏格兰乐队嘹亮悦耳的乐声。一支队列整齐的苏格兰军乐队，身穿民族色彩很浓的彩格短裙，头戴耸起的军帽，肩头斜搭着苏格兰风笛，一路上悠扬顿挫吹奏着军乐，迤逦而过。不知为什么出这样的军乐队。每次见到这场面，我总是目迷神驰，很喜欢这种有独特情调的乐队。

以跑马厅为中心，周边路上有不少相应的设施。成都路上有成排马厩，常见马夫牵着披戴齐全的赛马穿梭而过。路端有两座高约三米的巨大石翁仲，被供在石龛里，时或可见香烛的余烬，这就不能不和赌徒的拜祭财神保佑联系起来。我在附近的小学上课，马霍路上有几家打马铁掌的铁匠。马儿固定在特制的木架内，弯着马腿，让铁匠换马掌。小学徒拉着风箱，炉火熊熊，火花四溅。铁锤起落有声。放学后，我好奇地兀立在一旁观看。马儿换铁掌想必是很疼的。也许它早已习惯。马儿被绳索绑住，动弹不得，发出嘶嘶的鼻息声。这是给马儿换"新鞋"吧。换上"新鞋"后，又将被牵上跑马场，为主人腾跃飞奔。当它老了，不能跑了，怎么办呢？我不知道。那时我是个小学生，我有很多疑问，说也说不清楚。

跑马厅耸立着一座巍峨的钟楼。对着家里的窗口，大钟的钟面就在眼前。钟声融入我儿时的生活，一直到父亲的小饭店宣告停业为止。从建筑的角度观赏，这座钟楼具有庄重的古典风格，同外滩海关大钟一样显示城市的时间。现在钟楼依旧，内外修缮后改为美术馆，赋予这座钟楼一种高雅的文化气息，这实在是市政建设规划的一个好主意。

我十二岁大病一场。病后，住在祖父供职的上海鸿宝斋石印局内，办公楼上的厢房间。石印局地处威海卫路（今威海路）成都路以西，沿街宽阔高大的粉墙，嵌着两扇黑漆大门，进门便有一股书卷气。我在隔了一条路，大沽路的振西小学就读。我们寓居的楼房外，路边的大树枝叶在窗前披拂，布满一片绿荫。屋后石印车间虽然相距较远，仍能听到机器的轰响，常常吸引我到车间探视。厂房隔着一层厚重严实的棉帘，是用来隔音的。每次我掀开幕布似的阔大门帘，步入车间，隆隆的机器声扑面而来，顿时淹没在喧闹声里。我不知道有多少石印机，一眼望去黑压压的一大片。这种较原始的老式石印机，每一台都是庞然大物。石印版上满是漆黑的油墨，履带不断转动，工人站在高处的踏脚板上手工操作。车间光线黯淡，靠着倾斜的屋顶上许多方块天窗采光。这是二十世纪三十年代一种古老的印刷方式，生产古代流传的书画。许多年后，某次途经闽北一小城，意外地从当地一位老师手里看到《唐诗三百首画谱》，印制者是上海鸿宝斋书局。我讶然出声，惊异于文化传播的广远，未受岁月和地域的制约，一本石印图书竟流到偏僻的闽北小山城。

祖父继承上代衣钵，与文化事业结缘。我跟随他数年，从童年开始对文学的兴趣，此时得以扩大和延伸，盖来自祖父与同业出版界的交往。他有两本古风的小折子，一本是与同行在酒楼谈业务小酌挂账用的。另一本则通向书市，买书可记账结算。这就给我购阅书籍开了方便之门。

通常在星期六晚上，祖父带我同乘一辆黄包车，直去四马路（福州路）望平街，这个街区是上海著名的文化街，大小书店望不到尽头。其间也有菜馆酒楼。祖父是同宝泰酒楼的常客，进门便有伙计招呼上楼。这家酒店与绍兴咸亨酒店属同一格局，不过它有楼座。楼上与楼下之间，设有一个立柜式的空洞，装有辘轳，堂倌将顾客点的酒菜名称数量，有腔有调有板有眼地向洞口喊下去，不一会就拉着绳子，将酒菜从洞口吊上楼来。这个传酒菜的洞口，如同一个魔术洞，是我很感兴趣的一种装置，只有那些老式楼才能看到。祖父慢慢品尝新开甏的太雕，至少两个多小时。同宝泰面对一品香番菜馆，绍酒店主要卖酒，也代理顾客外买菜肴。我吃饱了一份番菜（西菜也），就下楼上街逛书市。

同宝泰毗邻中华书局和商务印书馆，这两家书店规模最大，历史悠久。转身又到开明书店、生活书店、北新书店和世界书局等，都在相距不远同一条街面上，也是我常到之处。有时也到单开间门面的简陋小书店，门内柜台上，大抵是七折八扣的廉价书，以武侠小说、言情小说和古籍翻印本居多，也有新文艺作品，杂乱无章地堆置在一起，任人挑选。每次逛书市是不断的发现，我记下一批五四新文学名著和外国翻译名著的书名，由祖父凭折子请人购取，大概半年结一次账，享有同业的优惠价。在石印局住处的绿窗下，我摸索着文学之门，热切地，一知半解地走近传世名作，熟悉文学巨人的名字，通过他们创造的文学世界，想象人类无比丰富无比辽阔无比深邃的生活天地。那些日子，是我小学毕业前度过的最快乐的时光。

抗战前夕，我住入一栋落成不久的新式里弄房子。当年是法国租界所属的亚尔培路（今陕西南路），位处亨利路（今新乐路）口。房子在小巷深处，弄堂对马路有一家白俄经营的面包店，店名契里科夫，出售自制的罗宋面包。老板娘肥胖如一个大酒桶，很像一只庞大罗宋面包的广告，颇为引人注目。这条路上的几家店铺都有点洋气。街上行人稀少，浓荫如盖，是很幽静的。如果以我们这条弄堂为中心，前面是霞飞路（今淮海中路），近处国泰电影院、兰心大戏院、法国总会（今花园饭店）、回力球场和跑狗场，都在指顾之间。这个街区，可谓十里洋场一个重要的组成部分。

霞飞路是上海很有名气的一条长街。老上海走遍天涯海角，心里永远有一个霞飞路情结。这条路笔直向西区伸展，有轨电车的轨道，就在这条路面上闪着两条银亮的直线。一串叮叮当当的铃声响过，路上更清寂了。霞飞路具有独特情调。首先是马路两旁，人行道的边上，间隔一定等距，矗立着成排郁郁葱葱的法国梧桐，树叶青葱繁茂，亭亭华盖在道路上空相互交错，洒下斑斑驳驳的光影，形成一条富有诗情画意的林荫道。在红尘万丈，市声嚣杂的闹市，这条林荫道以它高雅的格调，给这座城市带来一种韵致，一种优雅的美。

当然，这也是一条市街。酒吧间、咖啡馆、面包房、西餐馆、时装店、古玩店和夜总会等等，洋溢着异国情调。行人也不拥挤，宜于闲适地散步，享受那一片旖旎风光。这些情景，昔年在我家楼窗前举目可见，后来逐年为层层高楼挡住了。

我在亚尔培路度过整个青年时代，据有一个亭子间。亭子间在上海旧式石库门房子的名气很大，其实既无亭子，房间小而阴暗。它在灶披间楼上，油烟弥漫，夏热冬寒，是二三十年代革命或向往革命的穷文人安身立命之地。后来经伟人一讲，"亭子间作家"忽然名扬四方，不过这个称号似乎并不光彩。

我虽然住在亭子间，却不属于前人住过的那个时代的亭子间，但终归还是亭子间。朋友笑称，亭子间是我青年时代的背景，倒也是事实。在这背景里，我追求光明与理想，学习文学创作，编织堇色的梦。我的亭子间角角落落都堆满书刊报纸，只有一张用肥皂箱和旧木板架成的书桌，我就在这块木板上不顾昼夜地练笔。

抗战烽火四起，也染红了我的亭子间玻璃窗，燃起我的爱国热情。上海孤岛时期，我向王任叔（巴人）、冯宾符等地下党人编辑的《译报》和《译振周刊》投稿，在柯灵主编的报纸文艺副刊《世纪风》《浅草》和《草原》撰文，和伙伴们一起编辑《野火》文艺杂志，参加林淡秋、钟望阳、王元化等同志领导的文艺通讯运动，由"文通"受命编辑大晚报《文艺周刊》，都和我的亭子间息息相关。亭子间很小，朋友们会晤时，都只能坐在床边和一把仅有的藤椅上。然而简陋的生存空间，并不影响我们以文字对残暴的日伪势力进行隐蔽的抗争，为我青年时代的背景增添特殊的色彩，也是我在上海漫长生活中的重要章节。

有人称我"老上海"，我无以应对。除了我的工作调到外省的那些年代，我的大半生岁月都在上海度过，上海和我的生命有千丝万缕的关系。现在我老了，叶落归根，孤单地守着我的上海老房子。我不知道居住上海的上海人，哪些人有"老上海"的资格，有多少人可称为"老上海"，这是耐人寻思的有趣的话题。

二○○○年七月三十日

佘山小记

一别六十年，日前重临佘山，旧地重游，竟有些悠悠然的历史感。佘山是上海唯一的山，而且是小山。山高不及百米。但山上的气象台却是很有名的，还有一座标志性建筑的教堂。

一九四五年冬，我作为记者搭乘一辆吉普车，慕名首次登山，满目荒芜。有几个美国兵在民房内装置无线电工程，谈了几句，说是很想早日回美国老家，也没有什么事可记。山上公路泥泞不堪，来回颠簸达数小时。这与今天坐面包车在高速公路上疾驰，不可同日而语。

登佘山，最大的惊喜是近年开挖了四百八十公顷的湖水，是活水，与黄浦江相通。从此结束了佘山有山无水的历史。山上新建"月圆园淘艺馆"，设有椰树沙滩，水榭木屋，碧波泛舟等等。值得一提的是园中有大量石刻的手艺，包括散落在各处小巧玲珑的石制垃圾箱。很多人欣赏坐落在大草坪的时钟，钟面有斜齿形的石刻，每半小时发出钟声，嘹亮悦耳。走过一处大面积的平地，名曰"人间舞台"，未免是一组石刻群雕。雕像很多，约二十余座，都高于常人。每座有二三人，神情各异，大概是表现人间百味，不知为什么每个石像的衣着袍带都涂不同的色彩，以示像真人，其实反有失于石雕艺术的本真。

暮色降临。晚宴后，好客的松江主人殷切留宿。道旁欧式的路灯映照下，花开正茂，典雅的山庄似在迎候客人。惜乎事先都没有准备，只得依依惜别。一行人上了车厢，归途中，汽车在高速公路上开得更快。车上有人唱歌，歌声伴随着怀旧情绪，如同追寻早已逝去的年华和变幻的时代。很快进入市区，完成了这次回味不尽的佘山之行。

二〇〇五年五月底

街角记忆

城市充满记忆，这个小小街角也有自己的记忆。

旧称十三层楼的这座深色高层建筑，即现在锦江饭店旧楼所在，地处茂名南路和长乐路的拐角处。一侧对着历史悠久的兰心大戏院，另一侧是拥有大片草坪绿树的花园饭店，原为古典建筑法国总会。十三层楼在二十世纪三十年代就巍然屹立，睥睨四方。

我从初中时代起，就往来于十三层楼外的茂名南路，我喜欢这条路上的安静和优雅。格罗斯文诺公寓下的廊道，具有浓郁的异国情调，更是情人们散步的好去处。行经十三层楼，总要在街角驻足观望。大楼底层的窗台呈弧形，一排方格玻璃长窗仿佛嵌在墙上，踮起脚尖可瞥见屋内陈设。

街角记忆最可怕的是敌伪时期。一天，路过十三层楼，倒吸了一口冷气。也不知道什么时候开始的，十三层楼竟成了日军宪兵司令部，挂起了膏药似的太阳旗。大门口的哨兵荷枪站岗，景象森严。路上高雅的气氛全被破坏了。路人绕道而行，远远避开狰狞的侵略军，不准在我熟悉的街角逗留。

我的老家就在毗邻的一条路上，但我再也不到我喜欢的林荫道上散步。也不去十三层楼的街角。因为住所相距太近，半夜里常听见怪异的叫喊声，可能是日军在操练。夜深人静，听起来有如狼嗥。几乎每夜都在恐怖的恶梦中。

为什么十三层楼竟成了日军宪兵司令部？他们架起铁丝网到底在干什

么？他们在别国土地犯的罪恶难道还不够吗？那个时期奇怪地还出现一个日本和尚，沿街敲木鱼念经。不知念的什么经，在寂静如死的黑夜里，如同在招魂。我没有见过那个大概随军而来的日本和尚，至今不明白为什么要这样做。

　　日本战败，侵略军撤退，十三层楼下的街角又恢复了平静。不过也有变化，底层大堂改为美国花旗银行的一个办事处，从街角长窗内远远可见墙上挂满国际货币的汇率牌，俨然就是国际金融中心一角。好像时间并不长久。从解放后到新时期，街边的环形长窗内，曾开设咖啡座、西饼店和上海本帮菜馆等等，兹从略。

　　街角记忆折射城市历史的变化，记忆是不会消失的。

二〇〇五年四月十九日

写人与被人写

在我写的文学篇章里，有一部分涉笔文学先行者。如巴金、冰心、王任叔、黄源、陈伯吹、柯灵、林淡秋、周扬和陈荒煤等等。有些是极短的短文，仅一二百字。留驻难以磨灭的瞬间印象，捕捉震撼心灵的感人细节，撷取纷繁人生中的吉光片羽。写过数千字的怀人之作，如诗人郭小川和散文家林遐，他们都是在动乱年代不幸遇难，英年早逝，我怀念他们。

我写人，人家也写我。近一二年，写我的文章不下二十余篇，没有统计过。很久前，一位自己戏称是"自由撰稿人"，出乎意料突然面对我说："我一定要写你!"语气坚决，我为之愕然，赶紧劝阻。写什么？怎么写？为什么写？说实话，我不希望别人写我。

"用我的材料，写你的文章。"这是巴金对他的传记作者徐开垒说过的话。这话言简意赅，并有几分幽默感，殊感回味。常常想起这句话，深有同感。我想，作者对这句话缺乏深入理解，很难写出好文章。

我是高龄群体中的一个，是弱势群体中的一个老者。一生平平，从事笔耕为业。许多年来，穿梭于时代大风暴之间，惊涛骇浪于我并无大碍，却亦无可足道。晚年隐居大都市中的一条长巷深处，在一栋三十年代的老房子里。困于病眼，失去阅读和写作的乐趣，失去异域运行的良机，失去欣赏美好事物的目力。在回忆中过日子，多少往事，说也说不尽，不说也罢。然而我并不绝望，生活中毕竟充满想望和期待，这也是我赖以生存的精神支柱。

我没有惊人的"材料"，对每一个来索取材料的访问者声明在先，我是没有什么材料值得写的。不过我对每一位来访者总是热诚相待，感谢他们上门来访谈，凡有所问，总是倾力相助，"用我的材料，写他们的文章"。只是请他们忠于原始材料，勿伤害材料主人的独立性。

前些日子，有一篇文章，取材于在我家的对话。后来他与另外一人拉在一起，将两人完全不同的情况，合写。这样写法，一是主次颠倒，二是重点不明。近来读到这位作者一篇万字长文，这次是集中写我，既写了他那次访问，又补充了大量他过去写过我的事迹。两文对较之下，前者为什么如此处理，真是令人不解。我是对事不对人，说点小意见，幸勿介怀。

写人与被人写，都是人生百味的写照。

二○○六年八月十一日

诗人蔡其矫

去年冬初，到北京去开全国作代会。十一月八日中午，在首都机场，听说家居京城的诗人蔡其矫，一大早由保姆陪同，到我们住地北京饭店报到。为什么须由人陪着呢，我感到纳闷。

我和其矫住在贴邻的两个房间。上次在福州聚会，转眼两年余，我发觉其矫一反昔日健壮的体态，似乎有些不正常，也没有多问。难得有这样的毗邻而居的机会，我们总是出入相偕同行，相互照顾，同时说一些怀旧的话。

一九五九年春节后，我奉调携眷属入闽。这是我生平第一次到福州，其时蔡其矫已从北京下放在福建体验生活了。虽是初识，却一见如故。他热情地表示，一定要为"上海客人"接风。并利用他的华侨身份，特地安排在福州著名的华侨饭店为我们设宴。那是全国灾荒之年，平时常处于半饥饿状态的孩子们，面对满桌美食佳肴，几乎都傻了，一次晚宴让我们一家长久难忘。我们抚今追昔，感慨不已。

大会开幕前夜，十一月九日晚上，拥挤的自助餐厅的食客渐少，我和其矫都逗留在门口，似乎意犹未尽，不想就这样离去。近处设有咖啡座，于是又回进门去，在门侧随便坐一会。服务员端上来两杯现磨的浓咖啡。甬道上，人来人往，几个福建同行发现了我们，相继围拢来，人渐渐增多。金炳华书记路过，也进入我们这个热闹的圈子内就座。有人照相，灯光闪耀，笑语不断。这次偶然形成的短暂的欢聚，留下很深的记忆。人散了，顶灯暗下来，无端感到惆怅。

大会开幕后第二天，十日早上，其矫在电梯旁说，夜来他在浴室滑倒，他埋怨地面太滑，控制不住。他想请假回家。我发现其矫步履蹒跚，显得有些病态。这以后就没有见到他。

将近二〇〇六年年底，传闻蔡其矫一度被怀疑是小中风，后经确诊患脑瘤，决定住入医院。医院考虑到患者年事已高，采取保守疗法。蔡其矫要求回家过新年，终于被批准了。他于是在寓所迎来二〇〇七年元旦。想不到仅仅隔了一天，元月三日凌晨在睡梦中停止了呼吸，享年八十九岁。

关于诗人蔡其矫的一生和诗歌创作的成就，自有专家们研究论述。我只想就我所知，记述他的两件事。

一件事，大约在前年，蔡其矫编选出版一套八本的诗集，这也是他的诗歌总集。开本设计和装帧都很有特色。各集都冠以书名。蔡其矫身体健壮，爱旅行，几乎走遍名山大川和海域边疆。他总是独来独往，吃得起苦，在旅途中，投宿农舍野店是常事。他大胆地尽情地享受生活，追求美，歌唱爱情。在他漫长的人生道路上，缀满青春亮丽的花花草草。所有这些，在他大量的诗篇中都可得到印证。在北京时，一次他忽然说，他这套八本装的诗集（其中一本是诗论），书名《蔡其矫诗歌回廊》，是受到我的一本书《散文长廊》的影响。诗与散文，回廊与长廊，本来就是相连相通。

另一件事，这几年在他的家乡晋江兴建公园。他几乎倾其所有的存款，包括每月工资，都投入一项私人绿化计划。他甚至自己押运名贵树木，从福州载车运去。经营数年，现在已颇具规模。园内遍植林木花卉，有池塘假山，有展览亭，亭内陈列诗人手稿和历年出版的诗集不同版本。蔡其矫晚年将他的诗篇写在故土上。据称，蔡其矫遗体将落葬于此，守望着他的花园。